WALTER BENJAMIN

發達
資本主義時代的
抒情詩人／論波特萊爾

班雅明——著　張旭東・魏文生——譯　唐諾——選書・伴讀

【一本書】系列 FB0003X

發達資本主義時代的抒情詩人：論波特萊爾

Charles Baudelaire, Ein Lyriker im Zeitalter des Hochkapitalismus

作者 班雅明（Walter Benjamin）
譯者 張旭東、魏文生
選書主編 唐 諾
封面設計 王志弘

發行人 凃玉雲
出版 臉譜出版
台北市民生東路二段141號5樓
發行 英屬蓋曼群島商家庭傳媒股份有限公司城邦分公司
台北市中山區民生東路二段141號2樓
客服服務專線：02-25007718；25007719
24小時傳真專線：02-25001990；25001991
服務時間：週一至週五上午09:30-12:00；下午13:30-17:00
劃撥帳號：19863813 戶名：書虫股份有限公司
讀者服務信箱：service@readingclub.com.tw
香港發行所 城邦（香港）出版集團有限公司
香港灣仔駱克道193號東超商業中心1樓
電話：852-25086231 傳真：852-25789337
新馬發行所 城邦（新、馬）出版集團
Cite（M）Sdn. Bhd.（458372U）
11, Jalan 30D/146, Desa Tasik, Sungai Besi,
57000 Kuala Lumpur, Malaysia
電話：603-90563833 傳真：603-90562833

二版一刷 2010年7月27日
ISBN 978-986-235-124-6
售價 300元

城邦讀書花園
www.cite.com.tw

選書說明

（一）【一本書】系列是讀者觀點的選書——我們最重要的原則是，這裡的每一本書都必須是選書人自己真心想看的書。我們相信閱讀的共通性、對話性本質，選書人必須回復到讀者身分、回歸最素樸的閱讀身分，才能找到閱讀的書，而不是販賣的書。

（二）【一本書】系列不是連續性的單一叢書系列，而是一本一本個別挑選的書——我們相信，讀書的人書是一本一本買的，也是一本一本讀的，我們必須配合這個閱讀本質，讓閱讀可以隨時從其中任一本書開始，並在其中任一本書完成。

（三）【一本書】系列是嘗試和當下的閱讀處境對話的選書——我們會在每一本書前的〈伴讀〉文字中說明，這本書和我們當下思維的牽扯和啟示，並揭示其中一種可能的閱讀途徑。

目次

第三部　巴黎，十九世紀的都城　257

人名索引　282

〈伴讀〉

唯物者班雅明

唐諾

負責翻譯這部《發達資本主義時代的抒情詩人》的張旭東先生，本來就是一位很好的學者，這裡，他除了譯成本文之外，還慷慨「附贈」了一篇辭義兼美的譯序〈班雅明的意義〉，幫我們解讀神奇的班雅明其人及其著作，有了張旭東先生這篇文字在後面押著，我們此番的伴讀任務遂當場輕鬆起來，可任意而行。

基本上我們只談一點，有關班雅明的「唯物」。

但首先班雅明這個人還是得介紹一下，這包括容易的和困難的部分——容易的是他的生平大事記，只因為這真的是個悲劇的、短暫的、而且乏善可陳的現實失敗人生，班雅明一八九二年七月十五日出生於德國柏林，而在四十八年之後的一九四〇年九月二十六日，因著躲避蓋世太保的迫害，逃至法國、西班牙邊界日暮途窮自殺身亡，對種族的、極右的法西斯而言，班雅明至少有兩個不值得活下去的理由，其一他是猶太人，另一他是馬克思的、左翼的學者。至於困難部分則是他的最終歷史身分歸屬問題，尤其是這位活著時不運、不為世人所知所理睬的奇怪讀書人，他那些神祕難懂的、零散不可能歸類的、毋寧最像他自己說卡夫卡「就像一個人爬到沉船的頂端隨著船骸漂流，他在那裡有一個機會發出求救信號」的身後遺稿，隨著時間的水落石出，愈來愈證明真的像封存預言一般，對我們才逐漸明白過來的人的處境，有著驚人的洞見和啟示力量，班雅明愈來愈清晰，愈來愈巨大重要，但我們卻也愈來愈難妥適的定位他，除了今天連宗教者皆已禁錮不用久矣的返祖稱謂「先知」而外，我們應該如何「正確」理解、辨識和歸類班雅明的思維成果及其本人呢？

有趣的是，大概是因為這麼困難，反倒發展出一套幾乎是制式的、口訣般的班雅明介紹方式，你在任一篇任一部班雅明的介紹文字和書籍中，總會早早讀到如此大同小異的段落——這裡，我們挑用漢娜．鄂蘭的，只因為這篇題名為〈渥特．班雅明：一八九二—一九四〇〉的導言文字，是我個人迄今最讀之動容的班雅明介紹文字：

為了在我們通常的參考框架中精確描述他的作品和他本人，人們也許會使用一連串的否定性陳述，諸如：他的學識是淵博的，但他不是學者；他研究的主題包括文本及其解釋，但他不是語言學家；他曾被神學和宗教文本釋義的神學原型而不是宗教深深吸引，但他不是神學家，而且對《聖經》沒什麼興趣；他天生是個作家，但他最大的野心是寫一本完全由引文組成的著作；他是第一個翻譯普魯斯特（和佛朗茲・黑塞一道）和聖・瓊・珀斯的德國人，而且在他翻譯波特萊爾的《惡之華》之前，但他不是翻譯家；他寫書評，還寫了大量關於在世或不在世作家的文章，但他不是文學批評家；他寫過一本關於德國巴洛克的書，並留下數量龐大的關於十九世紀法國的未完成研究，但他不是歷史學者，也不是文學家或其他的什麼家，我將試著展示他那詩意的思考，但他既不是詩人，也不是思想家。

老天，他什麼都不是，我們該怎麼跟他人敘述他推介他呢？甚至，他該怎麼填寫履歷表好找工作呢？

我們可以而且也很容易再三讚歎，這是一個多麼完整多麼自由的人的心靈，任何單一層面的概念身分都不足以分割他說明他局限他，但我們不可以不知道，在現實世界的光天化日之中，如此完整自由不會是個祝福，而是駐留不去的懲罰，只因為這不會是個社會「有用的人」。

這個處境，或說這種選擇的必然不利結果，班雅明自己當然是知道的而且一生知之甚詳，就像在這部《發達資本主義時代的抒情詩人》書中他自己講的：「他們或多或少過著一種朝不保夕的生活，處在一種反抗社會的低賤地位上。」也像漢娜．鄂蘭說的：「毫無疑問，他贊同波特萊爾的話：對我來說，成為一個有用的人，是一件可憎的事。」

終班雅明四十八年短暫的一生，他唯一認真考慮過的社會「可辨識勞動」，是成為一個二手書商，而這個終究胎死腹中的偉大計畫，以我們對班雅明買書藏書不管死活的瘋狂行徑理解，敷衍（尤其是敷衍一直資助他但不得不逼他自立的父親）或假公濟私的成分毋寧還多一點。也因此，他的人生處境如墜落的劍一般隨年歲而直線驅劣，終至貧病交迫，漢娜．鄂蘭所歸結成的兩大原因，班雅明自身的笨拙，和跟隨他不去如「駝背小人」的壞運氣，便只能是結構性的而非偶然，如影隨形般始終和他的人生交織在一起，畢竟，人的機敏能幹乃至於看似天外飛來的好運道，最終仍屬社會性的，你逸出社會的正常網絡之外，不被社會所登錄所承認，跟沒身分沒住處沒門牌號碼一樣，就算有什麼好運道要寄送給你亦無從投遞無法提領。

所以漢娜．鄂蘭說：「如果沒有等級劃分，不把事物和人加以區分歸類，沒有一個社會能夠正常運轉。這一必要的劃分是一切社會待遇差別的基礎，而按當今的觀點，差別做為社會領域的基本元素正如平等是政治的基本元素一樣，與此相反的觀點皆不堪一擊。問題的關鍵在於社會中每個人都必須回答：他是『什麼』——這是從他是『誰』這一問題而來的——他的角色是什麼，他的作用是什麼，並且它的答案肯定不能是：我是唯一的，獨一無二的。不能這樣回答的理由，不是因為這個回答隱含的傲慢，而是因為它毫無意識。」

宛如一紙商品清單的巴黎

這部《發達資本主義時代的抒情詩人》（亦即本書的第一部〈波特萊爾筆下第二帝國的巴黎〉此一部分），班雅明面向巴黎和波特萊爾，寫於一九三七、三八年他思想最成熟的高原之時，是他最綿密最詩意也最言志的作品，更是人類思維長河中一個獨特無倫的奇蹟。

但基本上它卻也是一篇「退稿」，奇怪的是，退他稿的並不是該死的資本主義，而是彼時已落跑到紐約的法蘭克福社會研究所——沒有錯，正正是這個由霍克海默主持、成員包括阿多諾（彼時全世界寥寥識得班雅明才學的人之一）、日後成為新馬克思批判理論起點的法蘭克福社會研究所，班雅明在一九三四年正式成為該所的研究員，每月領五百法郎，這篇文字便是履行這個供稿義務，但卻因「未達馬克思主義」，只是「一堆資料」，只是「實用指涉」，而不成「理論建構」等等理由退回重寫（依我個人意見，霍克海默等人的這些退稿理由都是真的，這正是班雅明和他們不同之處），重寫的成果便是本書的第二部〈論波特萊爾的幾個主題〉，班雅明本人的感受是，他得很痛苦的去適應一種「平庸的、甚至土氣的哲學闡述方法」。

因此，做為一個完整的人的孤獨、的必然被遺棄，班雅明不僅是資本主義的商品拜物教的異教徒，他同時也會是泛馬克思世俗宗教的異教徒，兩方建構自身秩序時都不會登錄他。

而這部《發達資本主義時代的抒情詩人》同時也是班雅明被戰爭和死亡打斷、來不及做成的大研究計畫的一小部分，那就是班雅明著名的「巴黎拱廊街研究」，這個大計畫大致始於一九二七年他從蘇俄歸來之後、仍居於柏林之時，至一九三三年納粹當權他輾轉流亡至巴黎安居而達到高峰並終身浸泡其中，某種意義而言，我們甚至可以說正是這個研究計畫、這個同時呈現著資本主義最輝煌和最廢墟形式的巴黎害死了班雅明。

什麼是拱廊街？大體上就像今天我們東鄰日本幾乎每一座像樣城市都有的商店街一般（如京都的寺町京極、新京極），在市街上方加設了拱形的露天內廊，好隔絕風雪雨水，以至於「天空看起來就像覆蓋在上面的壯麗天頂」，於是，拱廊街既是室外，又是室內；既是商店，又是資本主義展示自身的博物館，更是幻象錯覺下的美好家居之地，不同的生活領域在此接壤、重疊並彼此試探，各種概念如冷暖洋流在此匯合，生態豐碩，當然也包括眾多的浮游生物，那就是flâneur，遊手好閒者，「所以從第二帝國起，巴黎就成了所有那些不為生計奔忙，不謀求職業，不想達到什麼目的的人的天堂——波西米亞人的天堂，這些人不僅包括藝術家和作家，還包括所有那些流離失所、沒有地位、無法被政治和社會整合的人。」

班雅明的研究，便以此拱廊街為地標暨漫遊的起點。這個最終只有三篇論文但卻留下大量碎片般筆記的龐然思維工作，完全不是我們所知那種有限抽象概念的歷史論述或哲學論述，而是——而什麼也不可能是，只能說是純班雅明式的，這裡，我們把後人根據班雅明筆記整理成的厚達九百頁的資料目次抄一遍（輾轉抄自劉北城的《班雅明思想評傳》），歡迎大家驚歎、想像並感同身受班雅明的如此意圖，並再再痛恨班雅明的早逝——

g　股票交易所・商業史
h　……
i　複製技術・石印術
j　公社
k　塞納河・老巴黎
l　閒散遊惰
m　……
n　……
o　人類學唯物主義・宗派史
p　綜合工科學校

這不像一紙研究工作的目次，毋寧更像點貨的商品清單，如此具象（具體的物、空間、人乃至事件），如此沒秩序，但卻詭異浮出一個熠熠發亮的真實巴黎來——一個具體堅實的巴黎為核心，巴黎自身的諸多歷史、隱喻、隨想、夢境乃至於命運環繞此一核心為流動變幻的光暈，一定要說它像什麼，我只能說它最像巴黎自身的《追憶似水年華》，把普魯斯特直接替換成巴黎的更大一本《追憶似水年華》，也是巴黎面向過去、被推進未來的《追憶似水年華》。

徹底的唯物之人

幾年前，有一位諾貝爾獎級的美國經濟學者到台灣一遊，被記者堵到詢問是否為了研究台灣經濟而來，我很記得該經濟學者的回答是，不，只是度假，要研究台灣經濟根本不必來，待在美國的研究室更方便資料更齊全。

這是真話，因此法蘭克福成員搬到日內瓦再輾轉紐約並無傷，然而，文學家，尤其是第一線的創作者如詩人小說家，卻很難這樣只靠間接冰冷的資料和意義提煉完成的抽象概念工作，他通常得頑強的杵在第一現場，腳踩真實的土地，手中掂量著如假包換的沉沉實物，這裡，就連重量、色澤和氣味都不是抽象的，而是具體的；不是概念的，而是和實物不分割的真實存在。

基本上，文學創作者的思考單位是實物，相對於學術的研究者是概念——從這個角度看，難以歸類的班雅明的確是有一個無法更替的創作者靈魂，我相信這實物的、創作的本質才是他一切奇怪詩意的真正根源，他感興趣的巴黎是實體的、不能移動不可攜帶的巴黎，他不能離開，即使深知戰爭逼近並不安全也只能心存僥倖，畢竟，對此巴黎的研究是他的「國家大計」（套用他調笑波特萊爾的用語），因此，他得一再失信於領人家津貼多時的耶路撒冷大學，一再拖延移居巴勒斯坦的必要準備工作，他到二次大戰開打前夕的一九三八年還跟霍克海默說「我是在和戰爭賽跑」、和阿多諾說「在歐洲還有一些陣地需要保衛」，最終，巴黎遂不得不成為他發出最後求救訊號的沉船桅杆位置。

我們說「實體的巴黎」極可能有嚴重的語病，好像巴黎是一個單一的、綿密完整的大個體，但班雅明的世界圖像不是這樣的粗疏宏觀模樣，毋寧如他筆記所揭示那般，由諸多碎片般的細小實體所堆疊而成（班雅明式的廢墟構成基本圖式？），因此，這就不可能是個均勻的、平滑的、首尾概念一貫的整體，而是在單子般的頑強實體之間，處處留著不連續的隙縫，其間的聯繫是局部的、卻又是複數形式的，因此，總存在著不確定性和一時一地的現實脆弱性，預告了瓦解——這是現實圖像，而不是概念圖像；是眾多商品琳琅並呈如雜貨舖子的巴黎，而不是機器構造般的巴黎。

事實上，班雅明本身的書寫也是長這副模樣——其中最清晰的例子之一就是他題獻蘇俄愛人同志阿絲婭·拉西斯的《單向街》，珠串般由六十篇隨感、格言組合而成；他的文字往往「每一句都像重新起頭」一般，以至於就連每個句子都像各自獨立的渾然實體；他終身熱愛格言收藏格言並引用格言，對這些「思想斷片」視之待之說之如同一個個完整的生命一般（「我作品中的引文就像路邊的強盜，發起武裝襲擊，把一個遊手好閒的人從桎梏中解救出來」），而眾所周知的，班雅明的人生終極野望便是完成一部從頭到尾由引文組成的著作。

追其根究其柢，這不僅源於詩人本質的班雅明，更源於唯物的班雅明——班雅明是徹頭徹尾的唯物者，和他相比，從上一代的馬克思恩格斯列寧以降，到跟他同代法蘭克福學派這些唯物主義同志，全成了唯心主義者，或更準確些如沙特說的，唯物主義只是那些羞於唯心主義的人的唯心主義。

馬克思的「物」，基本上是個概念，還不能稱之為「物質」，這太物理了，而是「經濟」，做為歷史理論必要的分析暨演繹的總體經濟；至於班雅明的「物」，則是「東西」，種類千千萬萬不及備載——他們在「唯物」這個點上相遇，也在這個點上分離。

無用之物／無用之人

有時候，讀一位作者最邊緣、最失敗的作品是很有趣的，我們往往最能由此看清楚他的邊界、他的限制和他真正的苦惱——對班雅明來說，這本書就是《莫斯科日記》。

這本日記如今日命名所顯示的，記錄的是一九二六年十二月六日起至一九二七年二月一日的莫斯科之行，是班雅明留給我們最沒「靈韻」（aura）的文字——即使是私人日記原來沒要發表，即使下班後不談公事，但合理來說，以班雅明這樣一個人，在那樣一個年代，進入到蘇俄這麼一個國家，無論吉凶休咎，怎麼說都應該是動人的大事才對，而且依據資料，班雅明此行除了主要目的追求阿絲婭·拉西斯之外，尚有替報社記行供稿的小任務，以及要不要就加入共產黨甚至不回頭從此定居蘇聯的人生大決定，然而，也許是這個從氣候、體制到街景皆酷冷的國家讓班雅明實在提不起勁來，整整兩個月時間，我們看到的班雅明要說是深度憂鬱，不如講是昏昏欲睡，唯一可令他精神一振的，除了阿絲婭·拉西斯的偶然現身（彼時她在精神病院接受治療），便是班雅明自己的購物時刻了。

終班雅明一生，他說好聽是收藏家，說難聽是購物狂戀物癖者，收集的主要是書，另外就是一些小東西小玩意兒，比方說玩具、郵票、帶圖的明信片、或甚至那種騙小孩的、一搖動就大雪紛飛的玻璃球內冬景云云，尤其對愈細小的東西愈有某種古怪的依戀甚至崇拜之情，這個形象執迷不悟的疊合在他不事生產的拮据邊緣人身分上，形成一副發達資本主義時代的不知死活沒落貴族敗家子模樣，偏偏，他又同時還是個所謂的馬克思理論學者。

對此，不論有多少藉口的成分，班雅明的確有一番動人而且詩意十足的論述，比方說，他那些拚老命買來、競標來的書，並不一定非讀不可（班雅明曾坦承讀不到十分之一的比例，「難道你每天都用你的塞弗勒瓷器嗎？」）更不加以分類收藏，而是自然的置放，只因為，恰恰是這樣的無用和不參與秩序，才是這些書的解放，讓這些書取回了完整的自身——漢娜．鄂蘭的解說是：「一個收藏物只有一種非專業的價值，沒有任何使用價值。……而且由於收藏活動能夠集中於任何類型的物品（不僅僅是藝術品。藝術品總是能夠脫離日常的有用物品的世界，因為它們沒有任何用途），因而也就拯救了物品，因為它不再是實現某種目的的手段，而是具有內在的價值。班雅明因而能夠把收藏熱情理解為一種近似於革命熱情的態度。……收藏是物品的拯救，也是對人的拯救的補充。」

收藏是物品的拯救，也是對人的拯救的補充（老實說，就班雅明，我很懷疑鄂蘭所揭示的這個順序，我比較相信班雅明對人的拯救，是包含於物之拯救之中而已），這裡，我們倒回來把物再易回為人，便成為——把人從分類秩序中（如市場）分離出來，讓他不再只是使用價值，或甚至只是交易價格，從而讓人恢復了人的完

到的救贖論述。整尊嚴及其價值，這便是我們在這部《發達資本主義時代的抒情詩人》書中屢屢見

也正是在這裡，我們再清晰不過的聽見了「遠方的雷聲」——這就是馬克思著名的商品拜物教嚴正控訴，資本主義的市場機制之中，並不存在「人」這個單位，人只是一個勞動力（即資本主義認為他的有用部分），而勞動力又只得以單純的商品形式參與市場，其價格（即資本主義的價值丈量）乃至於存廢亦只由市場供需所決定，這種人不再成其為人、只是商品的可怖處境，是資本主義市場機制的終極之惡。

然而，我們也很容易發現，如此「物／人」的替換所必然顯現的憂鬱缺口，心思細密的班雅明不可能不察覺出來——收藏家將物品由市場中分離出來，讓這些「無用之物」置於他的關懷之下，恢復了它的自由，然而，人從市場中分離出來，成為「無用之人」，他卻只能得到一種被遺棄的完整，一種從此朝不保夕的自由，只因為在這些無用之人上頭，並不存在一個「人的收藏家」，或者更準確的說，在當下的資本主義社會中並不存在，曾經多少扮演如此收藏家角色的國王、貴族和僧侶云云，已隨資本主義的發達永遠失去了。

這裡，我們多少看到了班雅明憂鬱的望向過去，而馬克思則興高采烈的注視未

來，他們在此交會，但卻像古羅馬的兩面神傑尼斯一般，班雅明的面容蒼老，而馬克思則年輕。

多出來的東西

日本的動畫奇才宮崎駿，在他最新也最好的作品《神隱少女》中，描寫了一個有趣的勞動者關係及其圖像——誤入不思議之國的少女荻野千尋，為了不讓自己變成豬（不工作就變成豬的宮崎駿左翼基本信念），而冒死找上開設湯屋（供各方神明到此泡浴的大澡堂）的魔女湯婆婆處要求工作，但簽工作合約時，湯婆婆卻嫌她名字荻野千尋四個字太浪費了，遂沒收了其中四分之三，只保留一個「千」字給她，以此做為她的職場稱謂。而影片中的自我救贖之道，便是牢牢記住或重新記起自己的全名，這才能真正恢復本來的自己，從湯婆婆的控制中逸脫出來。

最終，讓千尋想起自己名字的，是一張卡片上的溫柔問候稱謂，那是她此番搬家時同學贈別她花束所附的卡片——只是，宮崎駿可能疏忽了，人的姓名稱謂，本來就是局部性片面性的，命名，根本上仍是一種社會行為，仍是一種分類。

這種只剩四分之一自己，好方便進入職場、團體、社會的類似真實處境，其實一直是我們所熟悉的，熟悉到可能已不再警覺的處境。一方面，我們每個人總同時擁有一大串不同的局部性身分及其稱謂，如同攜帶一大串沉甸甸的大大小小鑰匙在身一般（比方說，男性、父親、兒子、出版社職員、台大歷史系校友、勇敢正直不怕死的台灣人云云）；而面對每一個不同身分要求的團體時，我們亦不時察覺，我們好像一直擁有某些多餘的能力，多餘的心思，多餘的信念和價值認定，有這些多出來的東西在身不是祝福，相反的，它們往往如違禁品般招來從訕笑到毀滅的各種危險，通常，你就算不拋掉它割除它，至少也得小心收藏好不要被發現，別奢望有哪種社會哪個團體會欣賞它，一個社會的開放禁制與否的光譜，只從處罰到容忍罷了。容忍，已是開放社會的最大寬容了。

因此，班雅明說需要「內在世界」，需要「室內」，需要一個不被分類秩序要求公共領域所侵入的收藏空間，好置放那些「多出來」的自己，以及和自己同舟一命的收集回來、拯救回來的無用之物。這裡，班雅明反倒更接近以撒．柏林的「消極自由」私密空間建構，以撒．柏林以為自由的真正精義和絕不可讓渡的界線就在這裡。

是資本主義使人喪失做為人的完整性嗎？馬克思的答案是肯定的，因此結論是集體性的革命，遂行去除資本主義的一次解放，班雅明在這部《發達資本主義時代的抒情詩人》書中也說是的，但他和馬克思不一致的地方在於，他的肯定大致只局限於當下經驗的西歐，只對眼前由資本主義建構社會秩序的西歐社會才有效，當然，透過亞當．史密斯市場機制「看不見的手」的穿透力，資本秩序的確將社會秩序推高並簡單化到一個空前的高峰，從而對人公領域的迴身空間和私領域的界線抵禦也就更具控制力破壞力，因此更增添了末日逼臨的迫切感。然而，秩序的建構由來已久，既不由資本主義而起，你也就難以希冀會因資本主義消亡而終，由此，班雅明的救贖曖昧難言，去除不掉無政府的氛圍，又不乏個別性私密性，既不方便押在一次革命行動上頭，更無法就此放心革命之後的馬克思天國自動到來。

其實，不由人的「物化」處境出發，而由事物的完整性出發，事情就有昭然若揭的意思了：物的問題，不會是物的「物化」（正如人不會死得更死一樣），而是其完整性的渾圓多層次多意義，有著單子式的獨特和斷裂，對任何秩序而言，它都太「巨大」太複雜了，秩序要吞噬它，只能是它的一部分，因此就得先支解它，將它抽空成「一個」「一層」概念——也因此，我們之前才會對漢娜．鄂蘭「物的拯救是人的拯救的補充」此一概念順序這麼計較，班雅明不是仁民而愛物，他倒過來，是由物而及人，人的完整性只是更普遍事物完整性的一環的合理且必然推論。班雅明不是個人道主義者，便連馬克思那樣以人為主體的唯物論者都不是，他的人文其實正是事物實體才具備的感性色澤，他毋寧更接近物的收集者鑑賞者守護者，由此向背後聯繫著古老精緻的貴族世界，以及更古老神祕的猶太教世界，卻被歷史的毀滅性暴風推進到馬克思那兒去。

當然，我猜阿絲婭·拉西斯亦助了一推之力——這種因為要追國樂社的漂亮女生，只好跟著學拉南胡的行徑，其實是很平常、很可思議的。

身後之名

但班雅明和馬克思的相遇終究只是歷史驚心動魄的偶然，他們像交叉於這一路上的兩條直線，去向不同，來歷也不同。

阿多諾曾說，班雅明的多數獨創觀點，係得自於他那種顯微鏡式的觀察——很清楚，顯微鏡是現象的、實物的觀察方式，完全不同於馬克思那種宏偉的、歷史巨斧的抽象概念分析思考方式。

班雅明自己也曾引猶太經文自喻，說他的作品每一段都有四十九層意義——我們也知道，抽象概念的意義基本上只有明明白白的那一層，只有具有真實厚度之實物，才可能包含這樣豐盈這樣分歧不確定的曖昧意義。

班雅明更早在一九二五年的《德國悲劇的起源》論文中，就清楚顯示了他對那種抽象符號化的、非時間的、如數學函數般一對一那樣意義明確簡單的所謂「象徵」的不安，他所揭示的「諷喻」，抓回具象的語言和真實的時間，讓歷史「物質化」，成為垂死的實體廢墟而不是一個毀滅的概念。

凡此種種。於是，班雅明這部《發達資本主義時代的抒情詩人》之不被法蘭克福學派所接受，便半點也不奇怪了，這當然不單純是資本主義的問題如馬克思想的那樣，完整且曖昧的班雅明，對左翼的思維秩序而言，一樣是太渾圓太巨大，有太多多餘而且不安全的東西存在（因此他若生於蘇俄活於蘇俄的下場大概也不會好哪裡去），也恰恰是法蘭克福學派的反應，才更讓我們確定，班雅明這樣超越左右、扞格於一切秩序的永恒被遺棄命運。

他唯一能擁有的，便只能是身後的聲名，這是漢娜．鄂蘭的結論——只因為「他們的作品既不適合現存秩序，也不預示著某一適合於未來劃分標準的新類型」，麻煩的是，一直到今天我們依然不曉得如何稱呼他介紹他，他仍然只能是那個什麼也不是的班雅明。

〈譯者序〉

班雅明的意義

張旭東

一

班雅明[1]的奇特風格也許是他奇特的社會位置和生活方式的再現。應該說，後者不僅提供了風格，而且提供了這種風格賴以形成的實質。他的作品明確無誤地說明了這一點。班雅明隱晦的意圖是，在寓言的意義上具體地呈現出完整的時代與體

1 班雅明（一八九二—一九四〇），德國批評家、文化史家及文藝理論家。生於柏林富裕的猶太人家庭，學生時代積極參加激進的文學活動，後轉向理論研究。一次大戰後他在柏林為報章雜誌撰稿，並成為法蘭克福社會研究所的成員。在此期間與布洛赫、阿多諾，尤其是布萊希特過從甚密。一九三三年納粹上台後避居巴黎，開始了他著名的「十九世紀的巴黎」的研究。一九四〇年納粹占領法國，他在逃亡西班牙途中被困自殺。

驗的內在的真實圖景，這把他與一種充滿活力的思想傳統以及那個時代最傑出的心靈聯繫在一起。在這個意圖的活動中，班雅明向人們展示了他的天才。正如他指出在他寵愛的詩人波特萊爾身上融合著一個拉辛和一個法蘭西第二帝國新聞記者的風格，這種極不協調的二重性也在他自己身上表現出來：在他身上，融合了一個馬克思和一個「現代詩人」的傾向。這構成他的作品的雙重特徵，一方面，它帶有一個注重普遍性和歷史規律的哲學家的思辯力量、分析的技巧以及批判的嚴厲；另一方面，卻帶著一個注重個體的內在經驗、陷於存在的困擾的現代詩人的敏銳的直覺式的感受、透悟以及想像的熱情。這一切在他的理論蘊含極為豐富的敘事性的議論中結合起來；在具體的真的廣泛呈露中，思考和詩不分彼此地、自在地貫通為一了。因而班雅明的作品總是極大地超越了論述的問題，並且超越了這種論述本身。這麼說並不是要把班雅明形容為一個超驗的沉思者，一個形而上學家。恰恰相反，班雅明沒有能逃脫時代加於一個具體實在的人——更不用說一個具體的思考者和寫作者——身上的種種矛盾和困擾，因而他的思想無不帶有鮮明的經驗的色彩，充滿了體驗的震盪，並且在一種逃避與回擊的姿態中與時代不可分割地聯繫在一起。他是從痛苦中收穫的思考者，而他的思考所呈現的，正是這種痛苦的現象學。領會這個艱鉅的內在轉換過程是在他那有時顯得非常自我陶醉的唯智論的實證主義思維、那些有如外科醫生的手術刀般犀利無情的分析以及樂此不疲的廣徵博引之外領會他的思想的寓言性質的關鍵。

在一個社會分工愈來愈細密的時代（在知識階層尤其如此），很難想像班雅明這樣偉大的游離者。在這方面他有點像維根斯坦（甚至兩人所關切的問題也在一個比喻的意義上極為相似）。但《邏輯哲學論》的作者最終在學院裡占據了一個受人尊敬的位置，他的問題也終於被接受並置入一個課題或專業裡面（儘管這很可笑）；維根斯坦生前就贏得了巨大的名聲。在他的思想被批准「合法」之後，他的獨特之處竟也一道登堂入室，並作為「天才」的印記而被奉為至寶了。班雅明在這個充滿了文化的分割和意識形態的壁壘的社會裡沒有這麼走運，他的主要著作都是作為「遺著」出版的，他的思想在最親密的人中間有時也不被接受[2]，而他聲名鵲起更是近二十來年的事情。雖然這是些表面現象，但多少涉及到他們兩人根本上的

2 只有布萊希特例外，他無保留地稱讚班雅明（雖然有時，當涉及到一些具體的藝術理論問題時，他提醒人們注意班雅明「過於精明的唯智論」的一面和一些神祕主義的傾向）。他稱班雅明為「本世紀最偉大的文學心靈之一」。當得到班雅明的死訊時他說：「這是希特勒給德國文學帶來的第一個真正的損失。」兩人的友誼是批評家與作家之間曾經有過的最動人的例子。布萊希特的戲劇手法與班雅明的藝術生產形式以及藝術與政治的關係的看法互為映證，有力地促進了班雅明的思想。

不同。

班雅明對時代以及人在這個時代的處境的洞察，以及他的思想方式和表達方式的獨特超出了同時代人的理解力，更確切地說，超出了那個時代的意識形態的承受力。他樂於把寫作看成是一種生產，而把整個文化活動領域比作一個市場。在這個市場裡，班雅明與他筆下的波特萊爾和卡夫卡一樣占據著一個很糟的位置。這並不奇怪，因為班雅明的產品對整個市場的交易法則無疑是顛覆性的，它披露了那種操縱交易的人們力圖遮掩起來的圖景。因而班雅明不得不過著一種波希米亞人式的不安定的生活。但這種境遇卻正與班雅明的思維套路相輔相成。首先，它把他從專門化的思想分工中強迫性地排斥出來，暴露在廣闊而真實的現實面前。班雅明的不合規範、難以界定是無以復加了。他是波特萊爾和普魯斯特的德文譯者，但他未曾以翻譯家自居；他的教授資格論文《德國悲劇的起源》深入探討了巴洛克時期的德國文化，「十九世紀的巴黎」系列研究也帶有文化史的色彩，但他無疑不是史學家；他的強烈的詩人氣質和作家式的觀察和表述方式，造就了他的內在經驗世界，而他畢生的努力之一是像普魯斯特那樣把握住自己的經驗；他寫了一些散文作品，但從未在更有力的敘事文體中將它們表現出來；奇怪的是，他宣稱自己的「最大野心」是「用引文構成一部偉大著作」。他基本上是個批評家，他一生都評論在世的或已故的作家的作品，但如果把他定義為「批評家」，就像把卡夫卡定義為「小說家」一樣，難以盡意，而且容易誤解。他最接近於一個哲學家，他一生追蹤的問題最終只能說是哲學問題，而且他對思考本身的關注，對語言和媒介的關注，最終，對理性和理性之外的強大因素的關注和內行的把握只能出自哲學的訓練。但他的行文只消一眼就可以看出與一般的哲學文本相去多遠；事實上，班雅明也從未把自己作為一個哲學家，他太醉心於自己的寫作方式了，他對「現象」（而非抽象概念）的嗜愛使他更傾向於以一種詩的方式從無論多麼細小易逝的具體事物中捕獲思想的戰利品——他最終也不是一個哲學家。

班雅明似乎只能用他自己挑選出來的，並以自己的一生和充滿洞見的闡發賦予了深長意味的一個名詞來定義。這個詞便是homme de lettre——文人。這個「文人」在他文章的字裡行間出沒，就像「人群」、「大眾」在波特萊爾的詩裡暗藏。

二

在〈波特萊爾筆下第二帝國的巴黎〉中，班雅明用他特有的飄忽不定的線條勾勒了「文人」的輪廓。他首先在密謀者策劃起義的煙霧瀰漫的小酒館裡發現了文人，他把他們一同歸入了「波希米亞人」一類：他們生活動盪不定，由偶然事件所支配，毫無規律可言，他們是「各種可疑的人」。那些讓波特萊爾著迷的密謀家在馬克思看來無異於一群「革命的煉金術士」，他們無條件地發動起義，把革命變成一種「即興詩」。波特萊爾與他們的真正的關聯也許並不在於他也加入了他們的活動。班雅明把波特萊爾視為一個「與語言本身一同密謀策劃的人，他在詩行裡調遣詞句，一步一步地計算它們的功效，像密謀者在城市地圖前分派暴動的人手」[3]。班雅明進而把波特萊爾的朝三暮四的藝術宣言與密謀者突然的舉動以及第二帝國令人猝不及防的政令聯繫起來。這種逃脫與落網無疑是文人的實際處境。波特萊爾高出同代作家的地方則在於，他今天高喊「藝術與功利不可分割」，明天已一變而成「為藝術而藝術」的鼓吹者，但這時他並非成為時尚的風標，而是藉此在宣告自己作為文人的自由——一種姿態。的確，文人與「波希米亞人」、與那種流浪漢一樣享有一種自由，但這卻是一種失去任何生存空間的自由，一種被拋棄的自由。班雅明向我們暗示，這便是擺脫作為一件商品、一個符號的存在所須付出的代價。

文人隨著「波希米亞流浪漢」進入了「遊手好閒者」的行列（這個形象的重要性我們在後面還要談到），他們是大城市的產兒。在擁擠不堪的人流中漫步，「張望」決定了他們的整個思維方式和意識形態。文人正是在這種漫步中「展開了他與城市和他人的全部的關係」。文人的漫步在兩種意義上成為他的工作，其一，他只有在這種漫步中，在與他人的關係中才有事可做，才能找到他自己的下一個題目；其二，這種漫步也展示了作為他工作的一部分的閒暇懶散，班雅明尖刻地加上一句「他已從馬克思那裡弄懂了商品價值是由製造它所需的社會必要勞動時間決定的」。這樣，文人透過展示閒暇而使得自己的勞動力價值「大得簡直讓人難以捉摸」。

「遊手好閒者」與完全被機械化了的芸芸看客不同，他「需要一個回身的餘地」。班雅明在這個時候又一次給了文人一個機會。他說，「大城市並不在那些由它造就的人群中的人身上得到表現，相反的，卻是在那些穿過城市、迷失在自己的思緒中的人那裡被揭示出來。」於是，班雅明把那些「被剝奪了生長的環境」的文人置入到一種思想的氣氛中去了。他把狄更斯也歸入到這種在城市中飄泊、沉溺於思想的人們中，切斯特頓的話得到他的激賞。「當他（狄更斯）做完苦工，他沒有別的去處，只有流浪，他走過了大半個倫敦。他是個沉湎於幻想的孩子，總想著自己那沉悶的前程……他在黑夜裡從霍爾登的街燈下走過，在十字路口被釘上了十字架……

3 參看班雅明，《波特萊爾》（*Charles Baudelaire: A Lyric Poet in the Era of High Capitalism*），一九八三年英文版，以下不註書名頁碼的引文皆引自本書。

他去那兒不是要去『觀察』什麼——一種自命不凡的習慣；他並沒有注視著十字路口來使自己的心靈改善或數霍爾登的街燈來練習算術……狄更斯沒有把這些地方印在他的心上；然而他把心印在這些地方。」

使班雅明如此感動並以難得的慷慨在自己的行文中讓出一塊地盤的東西，也許是觸動他對文人的意識——帶著強烈的自我意識色彩——的話語。文人的流浪為他提供了工作和休息，更重要的是，為他提供了自我意識，這成為他生命的最高意義。然而即便是那種獨立出來的沉思默想也帶著迷茫的痛苦。這一切把他從意識的日常世界裡牽引出來，使他像一個幽靈那樣從他熟悉的地方掠過。但在飄流中，從意識裡摒除出去的東西卻必然以更不可抵禦的力量在潛意識裡向他呈現出來，將他覆蓋，將他淹沒，像那些飄蕩的靈魂，把自己留在了它想飄蕩而過的地方。

班雅明知道這種無奈的境況，他隨即把體驗的同情收了起來，冷漠地注視著他的同類走進了市場。這代表了班雅明的風格：在他隱藏起他的自身體驗，並把它轉化為一種唯智的抽象分析時，他的抽象理論卻成為他的自我體驗的一種奇特的象徵。這種象徵甚至比他的詩意的熱情更具有懾人的魅力。

資產階級的市場文化決定了文人的方式，他也是一個出賣勞動力換取報酬的人。班雅明把街頭小報和專欄文章作為這種文化的先驅。隨著報紙訂報費用下降，廣告增加，它必須以日新月異的面貌吸引各種各樣的讀者，各種各樣新奇的專欄必須每天填滿，這樣「純文學」以及「連載小說」應運而生。甚至連批評文章在很長一段時間裡也只是作為報紙的一個欄目被人閱讀的。急迫的需求和巨額的收益兩者一同造就了文人的地位，也就是說，文人透過報刊專欄在資本主義市場裡占據了一席之地，從而在社會生活中占據了一個位置。他的訂貨性質和他的產品的內在規律已暗示了他與這個時代的關係，這個關係在他與他人、他與作為同行和顧客的大眾的關係中展現出來。用班雅明的話說，文人依賴這種關係一如「妓女依賴喬裝打扮」。他們的節奏不妨說是合同的改頭換面，這個節奏必然是支配整個社會生產和社會生活的節奏，它與隱隱傳來的傳送帶的節奏同步，而資產階級新聞出版界的天才們「早在印刷機器尚未發達之時就已在咖啡館裡適應了新聞服務的節奏」。

在一個隱喻中，班雅明把成功的作家與不成功的作家之間的差別視作熟練工人和非熟練工人之間的差別——一種訓練的差別。至此，作為一個雇用勞動者的藝術家和作為一種商品的藝術品的面貌已暴露無遺。然而班雅明諷喻式的思想的真實意圖或許恰恰在反面。他在一次又一次把作為同類的文人放進暴露性的語境時，卻一次又一次地把他作為個別的精神從不那麼詩意的背景中突出出來。不能不說班雅明的全部同情落在了他們身上。他懷著憂慮的震驚深切地注視著他的同類在大城市喧囂的街道上行走，在摩肩接踵的人流裡被人推搡著；疾速的交通使他陷入驚慌，窮於應付扼殺了他的沉思；商品的誘惑以及「集商品和售貨員於一身」的性誘惑讓他神不守舍；而對這一切漠然置之則不啻是淹沒在規範化了的大眾之中，把自己「交了出去」。班雅明的注視像舞台上的聚光燈一樣使波特萊爾的形象從人群中分離了出來：「那一片騷動的人群的光輝，它的靈魂，那曾讓遊手好閒者們眼花撩亂的閃亮，對他則顯得昏暗。他為了在自己身上蓋上人群鄙陋的印記而過著那樣一種日子，但在那些日子裡，甚至連被遺棄的女人和流浪漢都在鼓吹井井有條的生活，譴責自由派，並反對除金錢以外的任何東西。在被這些最後的同盟者出賣之後，波特萊爾便向大眾開火了——帶有人與風雨搏鬥時徒然的狂怒。這便是體驗的本質；為此，波特萊爾付出了他全部的經驗。」

班雅明稱讚波特萊爾一心一意地致力於自己的使命，用自己全部的經驗去換取詩的體驗的勇氣。班雅明醉心於這種悲劇意味，而他的思想毋寧說是為這種悲劇意味提供了一種理論闡述。在他看來，詩人明白在現時代「感情」的價格。他和波特萊爾一樣，把一種毀滅性的體驗作為語言的內蘊，把一個要將他們的過去和現在碾得粉碎的時代作為思考的主題；在這種交換中，個人的世界——即那種「氣息的光暈」在一個接一個的震驚中消散了。對此，我們倒不如說，他們自己去面臨震驚，他們「贊成它的消散」，為此他們無不付出了高昂的代價。但是，像班雅明所說，「這是他的詩的法則」。因而班雅明最終給了波特萊爾這樣一個定論：

他的詩在第二帝國的天空上閃耀，
像一顆沒有氛圍的星星。

「沒有氛圍的星星」這個從尼采那裡借來的意象表明，他和波特萊爾一樣把詩人從地面抬升到空中，儘管他和波特萊爾一樣看到了詩人從半空中跌落下來[4]。這顆星是詩人在馬路上丟失了他的神聖光環[5]之後班雅明給予他的補償。

這裡，海德格的形而上學語言或許比班雅明的寓言語言更直截了當。他稱詩人是在世界的黑夜更深地潛入存在的命運的人，是一個更大的冒險者；他用自己的冒險探入存在的深淵，並用歌聲把它敞露在靈魂世界的言談之中[6]。

4 參看波特萊爾，〈信天翁〉和〈伊卡洛斯的悲歎〉，見《惡之華》。
5 參看波特萊爾，〈光環丟了〉，見《巴黎的憂鬱》。
6 參看海德格，〈詩人何為〉，見《林中路》。

三

班雅明透過波特萊爾看到「大眾」最終只是詩人敵意的同盟，一如詩人不折不扣地是它的異己的同謀。但詩人的意義卻往往在他的積極的獨特的一方面。班雅明把這種積極意味與一個令人意想不到的形象聯繫到一起。「拾荒者」，作為詩人形象的隱喻，在更廣的意義上作為文人的形象的隱喻，無疑是通向班雅明的中心形象的一個過渡。

班雅明從波特萊爾的散文中發現了「拾荒者」形象，並把它剪貼下來：「……他在首都聚斂每日的垃圾，任何被這個大城市扔掉、丟失、被它鄙棄、被它踩在腳下碾碎的東西，他都分門別類地收集起來。他仔細地審查縱欲的紀錄，堆積如山的廢料。他把東西分類挑揀出來，加以精明的取捨；他聚斂著，像個守財奴看護他的財寶……」班雅明一眼便在這個形象裡認出了文人，「他們都或多或少處在一種反抗社會的低賤地位上，或多或少過著一種朝不保夕的生活。」更進一步，他看出了波特萊爾的意圖——把拾荒者的活動視為詩人的活動的誇張的隱喻。班雅明是這樣說明的：「兩者都是在城市居民酣沉睡鄉的時候孤寂地操著自己的行當；甚至兩者的姿勢都是一樣的……詩人為尋覓詩韻的戰利品而漫遊城市的步伐也必然是拾荒者在他的小路上不時停下、撿起偶遇的破爛的步伐。」班雅明甚至還指出了拾荒者的革命性：「在特別的時刻，拾荒者會同情那些動搖這個社會的根基的人們。」在他們自己的夢裡，拾荒者是起義者的同志。

這種典型的班雅明式的隱喻形象如與作者自身的形象聯繫起來就不那麼費解了。班雅明始終把自己的存在放在他的一切象徵的起點上，這也許是詹明信稱他為一個「奇特的現代主義者」[7]的原因。

班雅明的自我形象只有在一個地方是確定的，他一生都是一個「收藏者」，從書籍到隻言片語，都是他收藏的對象。早在寫《德國悲劇的起源》時，他就感到「擁有一個圖書室的內在需要」[8]。靠微薄的薪俸度日的許多年裡，他一直不斷地購買圖書，擴充自己的圖書館，甚至不惜為此變賣家產。在他的收藏裡有卡夫卡全集的第一個版本，也有許多班雅明所憎惡的作家的著作，還包括大量的看上去不那麼重要的文字記載，社會學的、歷史的、建築的、回憶錄、書信集甚至兒童讀物。

---

7 詹明信，《馬克思主義與形式：二十世紀文學辯證理論》，一九七三年英文版，第六一頁。

8 班雅明，〈打開我的圖書館〉，見《啟迪：班雅明文選》（*Illuminations: Essays and Reflections*），一九六四年英文版。

讀者可以從他研究波特萊爾和十九世紀的巴黎的著作裡發現引文的豐富多彩。班雅明一生都處在經濟拮据的境況裡，為了這個奢侈的嗜好，他甚至一度在父親的慫恿下打算去一家舊書店合股經營。這是班雅明一生中唯一一次考慮找個有收益的工作。自然，這個打算什麼結果也沒有，他一直賣文為生。

班雅明一生動盪，然而無論是寄居在父母的房子裡還是在巴黎草草安身，他始終和他的圖書館在一起，他的「收藏」也從未停止過。這種「昂貴的熱情」與班雅明的思想有著密切的聯繫。在「收藏者」形象裡，我們得以透悟班雅明思想深處的蘊含。

「在最高的意義上說，收藏者的態度是一種繼承人的態度。」[9]在這種收藏中，靈魂徜徉在過去的精神財富的豐富之中，這個過去是他生存的土壤。像一個在商品世界中漫步的遊手好閒者，收藏者在這裡得到一種閒暇的滿足。班雅明接著說道：「與對象建立最深刻的關係的方式就是擁有這個對象。」但這個「擁有」絕非私有制意義上的占有，「收藏者」並不像資產階級收藏家那樣把一件物品打上私有的記號，或像購買會升值的股票那樣把收藏品當作一種會帶來利潤的東西。相反的，他把它們收集起來，置於自己的關懷之下，從而把它們永遠從市場上分離了出來，恢復了它們自身的尊嚴和價值。班雅明自己宣布了這種「收藏」的政治意義；

收集者要提供給人的「不僅僅是他們在日常世界所必需的東西，而且還是那種從實用性的單調乏味的苦役中解放出來的東西」[10]。

在更深一層上，「收藏」是現代世界的生存者的抗爭和慰藉。班雅明在「巴黎研究」中繼「震驚」之後提出了「內在世界」或「室內」的概念。在班雅明看來，由於資本主義的高度發展，城市生活的整一化以及機械複製對人的感覺、記憶和下意識的侵占和控制，人為了保持住一點點自我的經驗內容，不得不日益從「公共」場所縮回到室內，把「外在世界」還原為「內在世界」。在居室裡，一花一木、裝飾收藏無不是這種「內在」願望的表達。人的靈魂只有在這片由自己布置起來、帶著手的印記、充滿了氣息的回味的空間才能得到寧靜，並保持住一個自我的形象。可以說，居室是失去的世界的小小補償。文人的圖書館無疑是這個「居室」的特殊化，在傳統和充滿先輩的氣息和注目的事物中，他感到與那個精神的整體同在。在存在的意味上，收藏對於收藏者是一種構築——構築一道界線，把自己與虛無和混亂隔開，把自己在回憶的碎片中重建起來。

9 班雅明，〈打開我的圖書館〉，作品已引。
10 班雅明，《文集》，德文版，第一卷，第四一六頁。

在這個意義上，圖書館成為班雅明以「過去」拒絕「現在」的壁壘。但如果我們的分析只停留在這個層次上便從根本上誤解了班雅明。因為「收藏者不僅夢想一個遙遠的桃花源，同時還夢想一個更好的境地」[11]，是要把物從「實用性的單調乏味的苦役中解放出來」。這種解放與其說是政治的，不如說是哲學的，它意味著打碎加於思考的傳統的權威，抹去分類的標記，揭開意識形態的蒙蔽——一種認識論的顛覆。班雅明在他的圖書館裡進行著一場革命，他是個退居書房的革命家。他的收藏作為一種思想的戰略行動更具有重大的美學意義，而其實質是語言意義上的革命。

班雅明給予那些書籍以極大的自由，當人問他讀了多少藏書，他說：「不到十分之一。」他隨即反問道：「難道你每天都用你的塞弗勒瓷器嗎？」[12]在這個自由的空間裡，存在物自在而自為地存在著，從而以美的形態呈露出自己。班雅明常常不無得意地宣稱他從來不把書分門別類、按部就班地放置，而是「雜亂無章地、隨意地一放」，他常常勸別人千萬不要把圖書歸類。那種隨意的放置給班雅明帶來了極大的樂趣。這裡，畢卡索的習慣與班雅明的態度相呼應。R．潘羅斯在描述畢卡索的房間時寫道：「事實上，對畢卡索來說，房間裡的雜亂無章比清潔整齊、樣樣有條不紊更有助於培養思想。」一次作者在畢卡索屋裡看到壁爐上一幅很大的雷諾瓦的作品已經捲曲，這時畢卡索說道：「還是這個樣子好。你要糟蹋一幅畫，只須把它恰當地掛在釘子上就行了，因為那樣不久你就看不到繪畫，只看到個畫框。只有把它放在不適當的地方，才能更好地欣賞它。」[13]

使事物從一個實用計畫中擺脫出來，恢復其原有的初始性、獨特性，並把這種新鮮直接帶入思想的行文中是班雅明在作品裡處心積慮要達到的效果。在這個過程中，事物、現象和語言的片段被一個活躍的思維中心從它們原先的坐落中吸引出來聚合在一起，因而產生了極大的揭示性力量。班雅明聲稱他的摘引「像路邊的強盜，發起武裝襲擊，把一個遊手好閒的人從桎梏中解救出來」[14]。事物的事實性從一種囚禁中獲得了解放，存在的本質在新的語言中向人們湧現出來。這正是現代語言哲學——無論維根斯坦式的還是海德格式的——的意圖。

班雅明的引文宣布了舊的真理體系和文化的統一性的解體。而這種傳統的權威長期以來一直無視事物和現象的內在的生命力，把它粗暴地置於一個「更大、更重

---

11 班雅明，《文集》，德文版，第一卷，第四一六頁。
12 參見《啟迪》英文版序言，漢娜・鄂蘭著。
13 參見R・潘羅斯，《畢卡索：生平與創作》，一九八六年中譯本，第七四－七五頁。
14 班雅明，《文集》，德文版，第一卷，第五七一頁。

要」的實體之中。班雅明揭穿了這種文化的「黑格爾主義的欺騙性」，在他看來，只有在這些引文的摧毀性力量中存留著「使這個時代的事物得以倖存的唯一希望」[15]。這種倖存的方式，在班雅明看來，就像珊瑚形成的方式，是遠古生命的遺骸；又像珍珠產生的方式，是生命內在的孕育。班雅明帶著這幅圖景捕捉他的時代中富於生命的片段。正是在這個意義上，他把自己「最大的野心」宣布為「用引文構成一部偉大的書」；也正是在這個意義上，他與他的時代不可分割地結合在一起。

四

卡夫卡日記裡的一段話可以作為「現代人」——在此指的是那些內心存有詩意但卻被時代拋在後面的現代人——的悲劇紀念碑上的銘文：

> 無論什麼人，只要你在活著的時候應付不了生活，就應該用一隻手擋開點籠罩著你的命運的絕望……但同時，你可以用另一隻手草草記下你在廢墟中看到的一切，因為你和別人看到的不同，而且更多；總之，你在自己的有生之年就已經死了，但你卻是真正的獲救者。[16]

班雅明在卡夫卡身上找到了與自己最為貼近的人格，這並非偶然。偶然的是他的這種人格因素在意識中與辯證唯物主義結合到一起了。沙特曾很聰明地指出，唯物主義只是那些羞於唯心主義的人的唯心主義，這無論怎樣都可以很恰當地用在班雅明身上。在班雅明的行文中，唯物辯證法被生存體驗和詩人式的感性直覺沖淡，成為一種大範圍的跳躍的真實洞察和一種形象的神話，毋寧說，前者是後者的一種顯影方式。但我們也不應低估唯物主義，尤其是唯物史觀對班雅明思想的深刻影響，它使班雅明著眼於現實的變化和發展，從而以一種形式（生產方式意義上的形式）的樂觀主義姿態面對現代的混亂和絕望。他下面的一段話如果不從這種二重性來考慮，簡直是卡夫卡的回聲：

> 就像一個人爬到沉船的頂端隨著船骸漂流，他在那裡有一個機會發出求救的信號。[17]

15 本雅明，《文集》，德文版，第一卷，第一四二—四三頁。
16 卡夫卡，《日記》（一九二一年十月十九日）。
17 班雅明，〈致舒勒姆，一九三一年四月十七日〉，見《書信》。

這使我們想起作為收藏者的班雅明，在「傳統」沉沒之後，班雅明便是在它的碎片上漂流，並不斷地發出信號，以使自己可能在無意義的虛無中得救。班雅明還不能使自己同這一切分開，因為他終究不屬於另一個階級，儘管他的思想強烈地傾向於這種屬於未來的力量。他的思想，推而廣之，他所屬的這類人的思想並不直接地建立在現實狀況之上，並不直接地由經濟地位和社會關係所決定，而是經過一個個體存在意識的中間層。在經過這個中間層時，並且就在這個中間層中，個體精神範疇裡的上層建築找到了自己更為直接的基礎。這個「次基礎」構成他們的思想意識和語言作品的世界與現實世界之間的反映或再現關係的折射層。在班雅明，它成為他的思維的跳板，而在他的隱喻中被省略掉的辯證的媒介無一例外地可以在這個層次上找到它們的相等的轉換。可以說，這個基礎也是班雅明的寓言的基礎，而我們也必須在這個基礎上理解班雅明式的馬克思主義。

班雅明天生是個作家，然而最終只是個不怎麼成功的作家。那種作家的陰影時刻影響著他的內在經驗的構成方式；這種內在召喚被滯留在一種散文的水平上，與他的知識和思想結合起來，從而與一種傳統的重負結合起來。班雅明最終選擇了這種方式，這無論如何不是屈從。他的困於表達的內心找到了一種寓言方式，並且在一個全新的領域將它建立起來。班雅明的批評意識證明了他的遠見。在他的批評中，對象透過一種寓言作用直接地達到概念的高度，同時其方式又把這種概念非概念化為一種寓言。這樣，實際事物的具體性的多層次的、難以歸納的意義，連同它們自身固有的異質性和相互間的強烈對比以一種無可迴避的姿態呈現在意識面前。布萊希特稱這種方式——班雅明的方式——為「殘酷的思考」，在這種方式裡，我們無疑可以看到馬克思的影子。

班雅明的風格是一種戰略意圖。有意思的是，他首先而且最終把這種寓意的豐富性賦予了一個關鍵的概念：形式。班雅明把形式寓意化，從而從中分離出語言學意義上的形式、生產方式意義上的形式和「生活形式」（不妨借用維根斯坦的詞彙）意義上的形式，而這種分離不是絕對的分隔，而是一種邊界模糊的分層。班雅明在透過寓意把它「分層」之後，又以隱喻把各層次聯繫起來。這樣，他便在一種語言風格裡融合了現代主義和馬克思主義的問題。可以說，這個「形式」的寓意，或者說是寓意化了的「形式」是班雅明的諸多意象的原型，它在許多形象和場面中實現了自己。我們至此已接觸到問題的核心。

在進入這個核心範圍之前，我們還必須考察一下班雅明的隱喻方法。寓言與隱喻無疑是班雅明風格的兩個方面。如果說寓言是班雅明風格的心理學，那麼隱喻便是它的語言學。兩者是相輔相成的：在賦予對象一種寓意時，不可避免地帶有隱喻的色彩。可以說，隱喻是寓言得以形成的材料，又是寓意層次之間的聯繫的媒介，因此，隱喻還是領悟班雅明的寓言的一把鑰匙。在〈波特萊爾與十九世紀的巴黎〉裡，班雅明展示了這種方法的力量。他毫無過渡地以一種敘事的一致性描述了一個又一個形象：波希米亞流浪漢、密謀家、路易・波拿巴及其走狗、詩人、拾荒者、醉漢、妓女、人群、大眾、商品、拱廊街、林蔭大道……這時，他的主題卻已在寓意的高度上清晰地呈現出來，這些隱喻形象在由自己構成的總體裡完全敞開了，像同一光源形成的多重疊影，極大地擴展了思想的疆域，在一種思考的暢通中把差異的事物結合起來。在此，隱喻成為事物之間的真正的關係。

隱喻的基礎首先是一種語言上的張力的可能性，而這種張力只能以精神的力量加以解釋。因而，詞與詞之間的緊張關係是精神與物的緊張關係的再現。這把我們的討論引向問題的本質。在事物與精神之間，班雅明並沒有採取調和的方針。在他看來，那種調和的瞬間的詩意並不足以彌合現代世界的巨大裂隙。也許是這個原因使班雅明沒有在象徵的水平上停步。在他看來，寓言是我們自己在這個時代所擁有的特權，它意味著在這個世界上把握自身的體驗並將它成形，意味著把握廣闊的真實圖景，並持續不斷地猜解存在的意義之謎，最終在一個虛構的結構裡重建人的自我形象，恢復異質的、被隔絕的事物之間的聯繫。

班雅明反對形而上學，但並不反對整體論；反對簡單的決定論，但不否認有一種決定性的支配因素。他的思想是一種多元的思想，他的整體毋寧說是個體的紛呈疊現，是同一性與異質性的並存。在辯證傳統中，班雅明無疑是個奇特的例子，他與馬克思的聯繫與其說是經由黑格爾，不如說是經由歌德[18]，他的整體與其說是一幅世界圖景，不如說是事物的關係網絡，他的世界與維根斯坦的「世界」最為相近，他的隱喻關係的形態也與維根斯坦的「家族相似」不謀而合。他的批評概念來自康德，但他的批評技巧卻與當代結構主義遙相呼應；兩者都以一種差異的區分把事物（或詞）從原有的一致性中剝離出來，把它從一種自我中心的狀態移植到語境的邊緣，使之在延宕中消解；兩者都以一種蹤跡的網絡取代因果關係的整體；最終，兩者都不屑於抽象概念的建築學，而醉心於具體的戰術，彷彿他們並不是高深叵測的哲學家，而是身懷絕技的手藝人。

但班雅明堅持「文人」的立場，這是他的整體觀的內在組成部分。這使他避免

18 詩人歌德比任何思想家——也許除了馬克思——都更深刻地影響了班雅明。班雅明的第一篇批評文章就是論歌德的《親和力》。班雅明直接從歌德那裡繼承的傳統與盛行的黑格爾主義截然不同，這種傳統強調以個別對象的自身的力量來展現精神的普遍性。

了成為一個專門家，更不用說成為一個形式主義者。他在思考的領域像一個詩人那樣走在現實的深處和時代的前頭，他命定似地處在馬克思主義與現代主義的交叉點上，這兩者在他的心靈上留下了深深的印記。然而他像一個受驚的詩人一樣，在殊死的逃避與追尋中指明了這個時代的深層機制，並在拚命維持住自我世界的時候，將體驗的本質如此高明地描繪了出來。

五

班雅明與波特萊爾一樣，「在這個時代裡找不到什麼他喜歡的事情」，從而，班雅明對這個時代最具特徵的事物的反覆的、不厭其詳的描述就必須從相反的方向來理解了。

機器。把機器作為文明的象徵不是班雅明的首創，但他對機器的描述卻無疑是一個首創：「十九世紀中葉鐘錶的發明所帶來的許多革新只有一個共同點：手的突然一動就能引起一系列的程序。這種發展在許多領域裡出現，其中之一是電話，抓起聽筒的動作取代了老式手搖曲柄的笨拙動作。在不計其數的撥、插、按以及諸如此類的動作中，按快門的結果最了不得。如今，用手指觸一下快門就使人能夠不受時間限制地把一個事件固定下來。照相機賦予瞬間一種追憶的震驚。這類觸覺經驗與視覺經驗連結在一起，就像報紙的廣告版或大城市交通給人的感覺一樣。在這來往的車輛行人中穿行，把個體捲進了一系列的驚恐與碰撞中。在危險的穿行裡，神經緊張的刺激疾速地、接二連三地通過身體，就像電池裡的能量。波特萊爾說一個人鑽進大眾中就像鑽進蓄電池中。他稱這種人為『一個裝備著意識的萬花筒』。」

班雅明隨即把這個畫面化入工廠生產線的場面：「在用機器工作的時候，工人們學會了調整自己的動作，以便同一種自動化的統一性和不停歇的動作保持一致。」馬克思對此說道：「……並非工人使用勞動工具，而是勞動工具使用工人。」生產線上的節奏成為整個社會生活的節奏。它在大街和大眾中得到了應和。班雅明藉愛倫．坡的小說向我們呈現出那種行為和打扮的一致性，那些「面帶微笑的一類」下面的機械操縱，這種機械操縱最終使人只剩下了「反射行為」。

班雅明把報紙也列為使經驗陷於無能的證據。「如果報紙的意圖是使讀者把它提供的信息吸收為自身經驗的一部分，那麼它是無法達到它的目的的。但它的意圖卻恰恰相反，而且這個意圖實現了，這個意圖便是：把發生的事情從能夠影響讀者經驗的範圍裡分離出來並孤立起來。新聞報導的原則——新聞要新鮮、簡潔、易懂，還有最重要的，排除單則新聞條目之間的關係——對實現這個意圖的貢獻絕不亞於編排版面的貢獻。克勞斯總是不厭其煩地向人們表明報紙的語言用法會使讀者的想像力癱瘓到何等嚴重的程度。」

機械給班雅明的震動在班雅明對機械的關注中表現為兩種方式：美學的與心理學的，但首先是心理學的。對於班雅明來說，機械以它轟然的節奏打破了個體生活的整體，一如它侵損了自然的整體。在機械面前，人要麼透過接受機械訓練而變得合乎規範，要麼毫無防備地陷入震驚。在此，經驗與體驗、意識與無意識明確地分離開來，這種分離無疑是現代主義的專利。而「震驚」則當之無愧地是班雅明的第一主題。

在佛洛伊德看來，意識的功能是防備外界能量的突然刺激。這種過度的刺激往往是在對焦慮缺乏防備的情況下造成心理傷害的原因。因而，意識儲備起自身的能量來抵禦這種刺激，它必須盡快地把意識以及尚未進入意識（潛意識）的材料登記註冊。普魯斯特認為，意識透過為理性服務的「意願記憶」來對個體的存貨加以清點。透過這樣一種清點，個體便在某種意義上「經歷」過了某個事件。但這種「在清醒的意識上發展起來的訓練」（佛洛伊德語）的結果卻是：「它使大腦皮層的某個部位如此經常地受到刺激的打擊，以至於它提供了接受刺激的最好條件。」——在緩衝刺激的同時，意識已愈來愈被毀壞，愈來愈不中用，以致愈來愈成為敵意的外界的幫凶了。機械技術——新聞報導、照相等對人實施的日復一日的刺激已成為一種持久而固定的訓練，它們直接訴諸感官，從而把個人從傳統和經驗的世界裡分離出來、孤立起來——孤獨的人群。因而「意願的記憶」並不能幫助人們重建自我形象，把體驗與自我的經驗世界聯繫起來，在「成為有意識的過程中」，「過去一點痕跡也留不下來」，這是「意願記憶」的規律。這樣，普魯斯特便把「非意願記憶」作為與之對立的因素引入意識與潛意識的對立之中。在他看來，潛意識的內容是「非意願記憶」的材料，比如在一種氣息帶來的感受中，過去的時光浮現在人的面前。普魯斯特的所有作品，從《重現的時光》到《消逝的阿爾貝蒂娜》，更不用說《追憶似水年華》，都可視為把握這種氣息般的「非意願記憶」的努力。班雅明則把普魯斯特的寫作理解為「在當今的條件下綜合地寫出經驗的嘗試」。班雅明強調這種努力的艱鉅性，因為如今「用經驗的方式已愈來愈無法同化周圍世界的材料了」。技術手段不斷擴大意願記憶的領域，在技術對自然（同時也是對潛意識）的侵犯中，人只有在「形象後」才能找到一種真實內容，用柏格森的話說，便是一個「補償性的自然」。但在積極的意義上，它卻是重建自我形象的源泉。班雅明以一種深刻的同情領悟了普魯斯特的勞動的意義，在他來說，能否把握住過去的事情，把握住一個活的自我形象是能否在這個時代有意義地生存的關鍵。班雅明在自己的作品《一九〇〇年的一個柏林男孩》中同樣是在召喚舊日的氣息[19]。

震驚的體驗作為潛意識的內容透過「非意願記憶」被賦予了一種詩的結構，這種震驚便成為震驚的形象。班雅明把「震驚」看作決定波特萊爾人格的決定性因素，同時也把它看作波特萊爾的詩的法則。在班雅明看來，正是「震驚」以及詩人試圖躲避震驚的種種念頭被詩人重造成詩的「虛張聲勢的攻擊」。透過潛意識的橋樑，擁擠的人群、起義者、致人死命的交通、性的誘惑、商品的移情、機械生產的節奏等等這一切進入到詩裡；正是透過這種體驗的再現，班雅明把「抒情詩人」與「發達資本主義時代」聯繫在一起。

班雅明至此完成了一個歷史性的戰略合圍：他把文學文本或藝術作品與意識形態的關係、意識形態與生產方式的關係、意識與潛意識的關係在一種隱喻的意味上聯結起來，使之在一種寓言的意味上向現實世界大範圍地展開；一個直接的結果便是，上層與基礎的關係不再被視作被決定與決定的關係，而是一個意識與潛意識的關係，一種分層，一種再現。這種再現也不僅僅是或完全不是反映論的再現，而是當佛洛伊德說「夢是被壓抑的欲望的扭曲的再現」時的那個「再現」。

這樣，班雅明寓言和隱喻的跳板便呈現在人們的眼前，而班雅明的思想毋寧說是被壓抑的詩的夢想的再現。班雅明透過這種奇特的方式把現代主義的主題與馬克思主義的主題融合在一起，而這絕不能說只是佛洛伊德加馬克思的結果。班雅明到底是沿著體驗與震驚的道路發現了馬克思主義還是透過馬克思主義揭穿了意識——無論個體的還是集體的——虛偽，從而以一種嚴酷的方式去闡明真實，這個問題在此並不顯得至關重要。

馬克思的經濟基礎——上層建築理論，階級鬥爭理論無疑是班雅明思想的有力支柱。但在這個支柱之上，班雅明有更富於個性和創造力的表演。首先，在批評實踐中，他以一種起碼是最接近馬克思主義的方式闡明了現代藝術的特性，從小說到電影，從波特萊爾到布萊希特，在馬克思主義批評傳統中，沒有一個人像他這樣在具體的批評敘述中給我們那麼多洞見。班雅明的理論意義也許更值得注意——他把隱喻的因素引入了辯證法。

班雅明強調媒介，強調中間層次，但這種中間環節的性質並非辯證的，而是一種隱喻性質的轉換。隱喻的本質是把一個具體可感的形式賦予一個無形的存在，班

19 氣息（aura，也有「靈氣」的意思）是班雅明創造的一個極富內涵的概念。在班雅明看來，氣息無疑是藝術最後的守護神了。它對立於感官的訓練，把人直接帶入過去的回憶之中，沉浸在它的氛圍之中。同時，氣息賦予一個對象「能夠回頭注視」的能力，從而成為藝術品的無窮無盡的可欣賞性的源泉。而現代機械文明帶來的震驚卻能使「氣息」四散。

雅明則正是以這種態度來理解馬克思的上層——基礎模式的，就是說，他從根本上把它視為一個隱喻。這構成了班雅明的模式與馬克思的模式的不同，而這種不同的關鍵則在於隱喻關係和辯證關係的不同：

馬克思	班雅明
上層建築／經濟基礎	表層形式／潛層形式
決定論的，一元論的	非決定論的，多元的
現實的	寓言的
辯證關係	隱喻關係
間接的	直接的
哲學—政治經濟學的	美學—心理學的

在此，班雅明把一種物的關係——他的確是這樣看待馬克思的偉大發現的——移植到內心的事物之中，但他的思路卻恰恰相反，他從內心事物出發，在一個隱喻的意義上捕捉到了世界的關係。這給我們巨大的啟發。它暗示給我們一個把心靈世界和物質世界放在一個語境裡討論的方式，尤其是一種理論的方式。這種方式在班

雅明自己的批評文章裡以其巨大的韌性和承受力包容了最最富於體驗的意象和最最嚴於事物規律的邏輯。更重要的是，它在想像的國度和事實的國度之間架設了一道橋樑，這道橋樑為人們充分地認識兩者之間的廣闊的中間地帶提供了可能性，從而極大地豐富了我們的思維層次和描述語言。而這便是班雅明的模式的意義。

六

然而，班雅明的意義並不僅在於他的模式，甚至不在於他的風格；他的意圖無疑是偉大的，但把意圖作為意義未免過於牽強。

班雅明的獨特之處在於他專注地把體驗（而非經驗）作為思考的內容，從而，他使他的思想跨越了最廣闊的領域。班雅明並不曾特別強調過表達的艱難，雖然他把自己的思想全部注入在行文之中；他總是面對「事物自身」，雖然他可能並沒有受胡塞爾的影響。可以說，他以句子和段落為單位，也就是說，以某種現象為單位，通過他的隱喻構成了他的寓言世界——不是卡夫卡的寓言世界。這樣，他做到了現代主義大師們殫精竭慮地想用某種材料——首先是語言——去做的事情，即在一個四散的物的世界裡聚合起一個精神的整體，在一個缺乏意義和表達的方式的條件下說出話來，保持思想的活力。然而班雅明不是個形而上學家，甚至也不是個詩人。於是他不得不在第三種形式中容納他的震顫和他的智慧，這種形式使他的作品帶上了一層神話的色彩。事實上，班雅明的書更適於當作神話來讀——世俗的神話，大城市的神話，現代人的神話，機械的神話，現代藝術的神話。

如果把班雅明的神話僅僅當作一種思維方式，那就無法解釋它與體驗的結合。但如果僅僅把班雅明歸為一個生存者、一個不成功的現代詩人和一個文化的自戀狂，那麼我們便丟掉了班雅明呈獻給我們的全景式的時代圖景和極其精明的實證分析。

班雅明對這個時代愛極而恨極，但兩者同樣讓他著迷。班雅明在這個時代沒有任何自我保護的能力，像他的同類普魯斯特一樣，他死於一種「經驗的無能」。但這個離時代最遠的人卻偏偏感到一種強烈的不可遏制的欲望，他要保留住這個時代，把它描繪出來，像古羅馬的史學家描繪他的值得自豪的時代。因而，他以思想擔負起詩的使命，又以詩擔負起歷史的使命，最終，他把歷史變成了神話。而他的「文人」無疑是製作和流傳這種神話的一類。

班雅明風格的魅力最終在於它承受著過重的負荷，班雅明的行文只能說是「草草記下了」他所看到的一切，因為他所看到的太驚人、太奇特了。班雅明戴的那副老式眼鏡似乎始終使他透過一層古典的景仰的面紗來看待敵意的一切，這把他永遠和現代經驗隔絕開來，滯留在人生體驗的層次上，這是他的思想的美學法則。

班雅明的一生只能說是書齋的一生，而他也是這樣承認自己的，甚至他還充內行似的把這種「技能」當作他謀生的手段。在他的思想自身裡，一種沉思的、優雅的成分與一種不安分的、嘲諷的傾向始終糾纏不休。而在思想之外，他始終面對著詩的精神的巨大誘惑，它像一個陰影，在他體內對他發出內在的召喚。這種召喚不啻也是一種震驚，一種壓迫。為了抵禦這種刺激，班雅明在思想裡閃過了無數個念頭，它們在他的思想的行文中到處都留下了痕跡。

班雅明的悲觀的生存意識在他的寓言中變成一種樂觀的、積極的東西，正如卡夫卡的寓言也是一種樂觀的寓言——不是指它的心理內容，而是指它的美學形式。班雅明的一句話點明了其中的原委：「寓言在思想之中一如廢墟在物體之中。」[20]在他看來，寓言不僅要說出人類生活的普遍實質，而且要「在最自然、最墮落的官能性質上說出個人的自傳式的歷史性」[21]。這樣，透過寓言，班雅明把個體意識和潛意識的結構投射到普遍和歷史中去，這無疑是他的美學的思想法則。

---

20 班雅明，《文集》，德文版，第一卷，第三〇一頁。

21 班雅明，同上書，第二八九—九〇頁。

班雅明在自身結合著巨大的矛盾和痛苦，他聚合的方式像一個超越時代的深刻的觀察者和偉大的局外人，但他的解決方式則無可避免地把他還原為一個具體環境中的個體，因而他的思想對於他自己如同對於他筆下的波特萊爾一樣適用。班雅明的天才和他的悲劇也正在於此。

第一部

波特萊爾筆下第二帝國的巴黎

人並不絕對需要一座都城。

——瑟南谷（Senancour）

一　波希米亞人*

「波希米亞人」是在馬克思文章中的一段揭露性文字裡出現的。他在文章裡把職業密謀家也包括進來，一八五〇年刊登在《新萊茵報》（*Neue Rheinische Zeitung*）上的關於警方密探德·拉·渥德（De la Hodde）回憶錄的詳細評註中，馬克思十分關心這類人。要回想起波特萊爾的面孔，就得說出他所顯露的與這種政治類型的相似處。馬克思這樣勾勒出這種類型：「隨著無產階級密謀家組織的建立，產生了分工的必要。密謀家分為兩類：一類是臨時密謀家（conspirateurs d'occasion），即參與密謀，同時兼做其他工作的工人，他們僅僅參加集會，並時刻準備聽候領導人的命令到達集合地點；一類是職業密謀家，他們把全部精力都花在密謀活動上，並以此為生……這一類人的生活狀況已經預先決定了他們的性格……他們的生活動盪不定，與其說取決於他們的活動，不如說時常取決於偶然事件；他們的生活毫無規律，只有小酒館——密謀家的見面處——才是他們經常歇腳的地方；他們結識的人必然是各種可疑的人，因此，這就使他們列入了巴黎人所說的那種流浪漢（la bohème）之流的人。」[1]

順便請大家注意，拿破崙三世本人也是從與此相關的境況中發跡的。他執政時期的政府爪牙之一便是「十二月十日會」，在馬克思看來，它是由「隨著時勢浮沉變動而被法國人稱為浪蕩遊民的分崩離析的、人數不固定的人群」[2]組成的。拿破崙在位期間繼續保持他的密謀習慣。驚人的布告、神祕的流言、突然包圍和令人捉摸不透的反語是第二帝國「國家理性」的一部分。在波特萊爾的文章裡也可以發現

---

* 這份手稿前有兩頁說明：一、缺了約九頁的一節，它描述了日趨標準化的巴黎建築豪斯曼的作品與拿破崙軍營主義之間的關聯，描寫專欄文章（feuilleton）以其變化多端的形式改變煩悶的城市生活的企圖。二、缺了約六頁的一節，它提供了一份各年代波希米亞人的簡史，描述戈蒂埃（Gautier）與奈瓦爾（Nerval）筆下的波希米亞小流氓、波特萊爾時代的波希米亞人以及最近無產化的波希米亞人，其代言人為瓦萊（Jules Vallès）。——德文版編者註

1 馬克思與恩格斯，〈評謝努《密謀家》及德·拉·渥德《一八四八年二月共和國的誕生》〉，引自《新萊茵報》第四期，一八八六，第五五五頁（譯文見《馬恩全集》，中文版，第七卷，第三二〇頁）。普魯東為把自己與職業密謀家分開，常自謂為一種「新人——其風格不是街壘戰而是討論，他每天晚上與政治領袖們共坐桌旁，能贏得世上一切德·拉·渥德的信任」（引自熱弗魯瓦，《囚徒》，巴黎，一八九七，第一八〇頁）。

2 馬克思，《路易·波拿巴的霧月十八日》，維也納，一九一七，第七三頁（譯文見《馬恩全集》，中文版，第八卷，第一七四頁）。

同樣的特點。他表述自己的觀點時往往不容置辯，討論不是他的風格；即使論題有明顯的矛盾以致討論顯得必不可少，他也盡量迴避。他把他的〈一八四六年沙龍〉題獻給「布爾喬亞」；他以其辯護士的形象出現，但他的方式卻不像一個魔鬼的訴師（advocatus diaboli）。之後，例如他大罵道德學校，他以最激烈的波希米亞方式[3]攻擊有教養的資產階級（honete bourgeoise）和公證人這類被婦人所尊敬的人。一八五〇年左右，他宣稱藝術不能和功利分開；幾年後他又鼓吹為藝術而藝術（l'art pour l'art），這一切並不比拿破崙三世在議會大廈後面一夜之間把保護關稅變為自由貿易更讓公眾猝不及防。這些線索多少能讓人理解為何官方批評家，尤其是勒美特（Jules Lemaître）對波特萊爾散文中的理論能量所知甚少。

馬克思接下來繼續描繪職業密謀家：「在他們看來，革命的唯一條件就是讓他們充分地組織密謀活動……他們醉心於發明能創造革命奇蹟的東西：如燃燒彈、具有魔力的破壞性器械，以及愈缺乏合理根據就愈神奇驚人的騷亂等，他們搞這些計畫，只有一個即刻的目標，就是推翻目前的政府。他們極端輕視對工人進行關於階級利益的教育，進行更多理論性質的教育，這說明他們對黑色燕尾服（habits noirs），即代表運動這一方面、多少有些教養的人的憎惡並不是無產階級的，而是純粹平民的。由於這些人是黨派的正式代表，所有密謀家們始終無法完全不依賴他們。」[4]波特萊爾的政治洞察力並沒有從根本上超出這些職業密謀家。無論他同情宗教反動還是同情一八四八年革命，他們的表現方式都是粗暴的，他們的基礎都是脆弱的。他在二月革命的那些日子裡所呈現的形象——在巴黎的街角上揮舞著步槍高喊「打倒奧皮克（Aupick）將軍！」（他的繼父）——便是一個很好的例子。不管怎樣，他能奉行福樓拜的宣言：「政治的一切我只懂反抗。」在與他的比利時隨筆一道保存下來的筆記的最後一頁，我們可以領會他的意思：「我說『革命萬歲』一如我說『毀滅萬歲、苦行萬歲、懲罰萬歲、死亡萬歲』。我不僅樂於當個犧牲品，當個吊死鬼我也挺稱心——為了從兩方面來感受革命！我們所有人的血液裡都有共和精神，就像我們所有人骨子裡都有梅毒一樣；我們都有一種民主的傳染病和一種梅毒的傳染病。」[5]

波特萊爾所表達的不如叫作煽動的形而上學。他在寫下這段話的比利時，曾有一度被視為法國警方的間諜。事實上，這類待遇對波特萊爾來說沒有什麼好奇怪

3 波特萊爾，《全集》，二卷本，巴黎，一九三一—三二，第二卷，第四一五頁（以下只註卷數及頁碼）。

4 馬克思與恩格斯，〈評謝努及德·拉·渥德〉，同前，第五五六頁（《馬恩全集》，中文版，第七卷，第三二〇頁）。

5《全集》，第二卷，第七二八頁。

的。在一八五四年十二月二十日波特萊爾給他母親的信中提到警方的文學津貼：「我的名字永遠也不會出現在他們那可恥的登記簿上。」[6]在比利時為波特萊爾贏得這個聲譽的恐怕並不是他對雨果顯露出的敵意。雨果在法國被剝奪了公民權，但在比利時卻受到熱烈歡迎。波特萊爾破壞性的冷嘲熱諷助長了這種謠言的源起；而他自己正樂於傳播它們。大話崇拜（de la blagur）的種子在索列爾（George Sorel）身上再現為法西斯主義宣傳不可少的組成部分，它首次在波特萊爾這裡出現。塞利納（Céline）寫作《屠殺瑣聞》（*Bagatelles pour un massacre*）的精神及書名本身可以直接從波特萊爾的日記中找到：「以滅絕猶太人為目的就可以組織一次極佳的密謀。」[7]布朗基主義者里戈（Rigault）是在巴黎公社警察頭子的位置上結束其密謀者的生涯的，他似乎也有那種人們在波特萊爾身上常提到的氣質。在普羅萊（Charles Prolès）《一八七一年的革命者》（*Hommes de la révolution de 1871*）一書中我們可以讀到這樣的話：「里戈儘管冷酷無情，但他是一個道道地地的瘋狂的小丑。那是他不可或缺的部分，完全出自他的狂熱。」[8]甚至馬克思在密謀者身上遇到的恐怖主義的白日夢也能在波特萊爾身上找到相似之處。在一八五六年十二月二十三日寫給母親的信裡，他寫道：「一旦我重獲那種在特殊時機曾有過的朝氣和力量，我將在駭人的書中發洩我的憤怒，我要使整個人類起來與我作對，其中的快樂能給我無限的安慰。」[9]這種壓抑著的暴怒——la rogne——是半個世紀的街壘戰在巴黎的職業密謀者身上培育出的激情。

關於這些密謀者，馬克思寫道，「正是他們築起第一批街壘，並指揮它們。」[10]街壘才是密謀者活動的中心，它有著革命的傳統。七月革命期間有四千個街壘設置在城中[11]。當傅立葉（Fourier）尋找一種出於熱情而非出於報酬的工作的樣板時，他發現沒什麼比築街壘更顯而易見了。雨果在《悲慘世界》中對街壘的描繪給人留下深刻印象，雖然他忽略了掌管它們的人們。「暴動的無形的警察在四處巡邏，這時維持秩序的便是黑夜……從上往下，向這一大堆黑影望去的眼睛也許能看到四處都有朦朧的火光映照著的間斷的、不規則的線條，一些奇形怪樣的建築物的側影。

6 波特萊爾，《致母親的信》，巴黎，一九三二，第八三頁。
7《全集》，第二卷，第六六六頁。
8 普羅萊，《一八七一年的革命者，R．里戈》，巴黎，一八九八，第九頁。
9 波特萊爾，《致母親的信》，第二七八頁。
10 馬克思與恩格斯，〈評謝努及德．拉．渥德〉，同前，第五五六頁。
11 參見德．格朗薩涅與M．普勞，《一八三〇年革命，巴黎鬥士們的計畫，七月二十七日、二十八日、二十九日》，巴黎。

在這些廢墟中，類似的熒光移動著，這便是街壘所在的地點了。」[12]在總結《惡之華》的那首殘缺的〈致巴黎〉一詩中，波特萊爾在告別這座城市前並沒有忘記參拜一下街壘，他記起了「築起街壘的神奇石頭」[13]，當然這些石頭是「神奇的」，因為波特萊爾的詩隻字未提那些搬動它們的手。但這種悲傷或許來自布朗基主義，因為布朗基主義者特里東（Tridon）也表達了一種相似的情緒：「噢，暴力，街壘的女王，你在火光和騷動上閃耀……囚犯們戴著鎖鏈的手向你伸去。」[14]

在公社的最後幾天裡，無產階級在街壘後面摸索它的道路，像受了致命傷的野獸縮回洞穴。受過街壘戰訓練的工人並不喜歡那些擋住梯也爾（Thiers）去路的野外戰爭，這也被認為是失敗的部分原因。一位研究巴黎公社的近代史學家寫道，這些工人「更喜歡在自己的街區裡打仗，而不是在廣闊的戰場與敵人打遭遇戰……如果他們必須死的話，他們更願意死在巴黎街道用鵝卵石築成的街壘後面。」[15]

在那些日子裡，巴黎公社最重要的街壘指揮布朗基（Blanqui）正被囚禁在他最後的牢獄多羅要塞之中。從他和他的伙伴身上，馬克思看到了「無產階級政黨的真正領袖」[16]。布朗基在世時及身後所享有的革命威望是怎麼說也不為過的。列寧之前，再沒有哪個人在無產階級中有如此清晰的形象。他的形象銘刻在波特萊爾心中，他在紙張上的即興繪畫中有一幅便是布朗基的頭像。

馬克思用以描繪巴黎密謀情形的概念清楚地顯示布朗基在其中的矛盾地位。按傳統觀念，很有理由把他視為一個暴動者。從這種觀點看來，他代表了一類政治家，正如馬克思所指出的，他們認為自己的任務是「預測革命發展的進程，人為地製造革命，使革命成為毫不具備革命條件的即興詩」[17]。反過來說，如果有人反對目前這種有關布朗基的觀點的生動描繪，那麼他似乎有點類似於穿黑色燕尾服的人，這類人是職業密謀者憎惡的競爭者。一位目擊者這樣描繪布朗基的市場俱樂部：「如果有人想準確地了解布朗基的革命俱樂部與秩序黨人的兩個俱樂部相較下給人的第一印象，他不妨想像一下法蘭西喜劇院上演拉辛（Racine）或高乃依（Corneille）時，觀眾旁有一群人圍成圈觀看雜技演員表演極危險的技藝。它是舉行密謀的正統儀式的小教堂，門向所有的人敞開著，可是只有由正式儀式被介紹加

12 雨果，《全集》，第八卷，《悲慘世界》，巴黎，一八八一年，第五二二頁。
13 《全集》，第一卷，第二三九頁。
14 貝諾瓦，〈工人階級的神話〉，《兩世界雜誌》，一九一四年三月一日，第一〇五頁。
15 拉隆茲，《一八七一年公社的故事》，巴黎，一九二八，第五三二頁。
16 馬克思，《路易·波拿巴的霧月十八日》，第二八頁。
17 馬克思與恩格斯，〈評謝努及德·拉·渥德〉，同前，第五五六頁。

入的人才會回來。在一陣讓人不耐煩的等待之後……此地的牧師出現了。他的託辭是他的當事人如何抱怨，自己如何被半打從沒聽說過的、放肆的、怒氣衝衝的傻瓜纏住。實際上，他是在分析形勢。他的外表引人注目，他的衣服無可挑剔。他的頭形很好，面部表情平靜，只是他那雙閃爍著野性的眼睛有時可能會惹麻煩。他的眼睛窄小、犀利，但通常它們讓人覺得和善而非冷酷。他的言辭字斟句酌、慈祥而獨特——與梯也爾的演說風格相近，是我聽過的最少演說口吻的演說。」[18]這裡的布朗基像個空談家，這位穿黑色燕尾服的人的描繪偏重於細節。人們都知道那個「老人」演說時習慣戴黑手套[19]，但這種作為布朗基性格一部分的慎重的認真和不可理解，在馬克思看來就完全是另一回事了。關於這些職業密謀家，馬克思說道：「他們是革命的煉金術士，完全繼承了昔日煉金術士的邪說歪念和狹隘的固定觀念。」[20]這些話幾乎可以原封不動地用在波特萊爾的形象上：一方面是個高深莫測的寓言家，另一方面是個詭祕地專事密謀的人。

可想而知，馬克思對那些低下的密謀家們感覺自在的小酒館不怎麼欣賞。那兒瀰漫的煙霧是波特萊爾所熟悉的。那首名為〈拾荒者的酒〉的著名詩篇就是在這裡寫就的；它的出現大約在上個世紀中期。那時，這首詩中的主題正被廣泛地議論，其中一個話題便是酒稅。共和國立憲會議曾許諾將它廢除，一八三〇年又作了同樣的許諾。馬克思在《法蘭西階級鬥爭》中表明，在撤消酒稅這個問題上，城市無產階級的要求與農民的要求是多麼吻合。日常消費的酒和最上好的酒同樣被課以重稅。「它在每個超過四千居民的城市出入口設立稅收所，把每個城市都變成了以保護關稅抵制法國酒的異邦，從而減少消費。」[21]馬克思寫道：「透過酒稅，農民們領教了政府的花言巧語。」但該稅也同樣損害了城市居民的利益，並迫使他們跑到城市限制之外的酒店去找便宜的酒。那兒有種被稱為柵欄酒（vin de la barriere）的逃稅酒。如果傅雷傑（H.-A. Frégier），一位警察總局的處長的話可信，那麼一個工人是充滿了驕傲和挑釁來炫耀這種酒給他的享受的，彷彿這是他唯一能得到的享受。「有的婦女毫不猶豫地跟著丈夫帶著已大得可以工作的孩子來到城門外……過了一陣，他們半醉地往回家的路上走去，擺出一副大醉的樣子，以便讓人人都看到

18 熱弗魯瓦，《囚徒》，巴黎，一八九七，第三四六頁。

19 波特萊爾對這類詳細描繪頗為欣賞，他寫道：「為什麼乞丐要飯時不戴副手套呢？這樣他們會有好運氣的。」（《全集》，第二卷，第四二四頁）

20 馬克思與恩格斯，〈評謝努及德．拉．渥德〉，同前書，第五五六頁（譯文見《馬恩全集》，中文版，第七卷，第三二〇頁）。

21 馬克思，《一八四八到一八五〇年的法蘭西階級鬥爭》，柏林，一八九五，第八七頁。

他們喝了不少。有時孩子也學著父母的樣子照做。」[22]當代一位觀察家寫道：「有一點可以肯定，城門口的酒挽救了統治結構，使之免遭許多打擊。」[23]酒剝奪了對將來的復仇和光榮的夢想。〈拾荒者的酒〉中寫道：

常看到一個拾荒者，搖晃著腦袋，
碰撞著牆壁，像詩人似的踉蹌走來，
他對於暗探們及其爪牙毫不在意，
把他心中的宏偉意圖吐露無遺。

他發出一些誓言，宣讀崇高的法律，
要把壞人們打倒，要把受害者救出，
在那像華蓋一樣高懸的蒼穹之下，
他陶醉於自己美德的輝煌偉大。[24]

當新的工業進程拒絕了某種既定的價值，拾荒者便在城市裡大量出現。他們為中產階級服務，並在街頭構成了一種家庭工業。拾荒者對自己的時代十分著迷。對窮人的最早關注落在他們身上，隨之而來的無言問題便是：人生苦海何處是岸。傅雷傑在其《危險的階級》（*Des classes dangereuses de la population*）一書中花了六頁來講拾荒者。勒普萊（Le Play）提供了巴黎一個拾荒者及其家庭在一八四九到一八五〇年間的預算。這大約就是波特萊爾寫這首詩的時間[25]。

---

22 傅雷傑，《大城市人口中的危險階層及使之變好的方法》，巴黎，一八四〇，第一卷，第八六頁。

23 福考，《發明家巴黎，法國工業的生理學》，巴黎，一八四四，第一〇頁。

24《全集》，第一卷，第一二〇頁（中譯據錢春綺譯本）。

25 這份預算作為一份社會文獻，不僅研究了一個特殊家庭，而且也使得那種悽慘的生活顯得不那麼悽慘了，因為它把各種開支乾乾淨淨地列在標題之下。極權國家的法律絕口不提那些非人性的東西，人為製造某種美好的假象，這在早期資本主義社會便已出現。拾荒者的預算的第四欄——文化需要、娛樂、保健——是這樣的：「兒童教育：學費由雇主支付，四十八法郎；購書，一點四五法郎，慈善捐助（這一階層的工人通常沒有這項開支）；節慶假日——巴黎城邊一家人購買的食品（一年八次旅行）：酒、麵包、炸土豆，八法郎。食品中包括備有黃油和奶酪的通心粉；聖誕節、懺悔日、復活節以及降靈節外加的酒，這些開銷歸第一欄。給丈夫準備的嚼菸（菸捲由工人自己去弄），五至三十法郎，妻子的鼻菸（買的），十八點六六法郎。玩具及其他給孩子的東西，一法郎。與親戚通信：給工人住在義大利的兄弟的信，平均每年……」「附，家庭以備不測的款項的最重要的來源是私人救濟……」「年度結餘：這位工人從未有過結餘，他每天都把掙的錢花得精光，以盡可能使老婆孩子過得舒適。」（勒普萊，《歐洲工人》，一八五五，第二七四頁）布雷的一段挖苦的評論有助於說明這種研究的真髓：「由於人性，哪怕當然，一個拾荒者不會是波希米亞人的一部分，但屬於波希米亞人的每一個人，從文學家到職業密謀家，都可以在拾荒者身上看到自己的影子。他們都或多或少處在一種反抗社會的低賤地位，或多或少過著一種朝不保夕的生活。在特別的時刻，拾荒者會同情那些動搖這個社會的根基的人們。他在他的夢中不是孤獨的，他有許多同志相伴，他們同樣渾身散發出難聞的氣味，同樣屍冷戰場。他的鬍子垂著，像一面破舊的旗幟。在他四周隨時會碰上暗探（mouchards），而在夢中卻是他支配這些警察的密告者[26]。從巴黎的日常生活而來的社會主題在聖—伯夫（Sainte-Beuve）那裡就已經出現了。這些主題被抒情詩抓住，卻沒有被它充分領會。貧窮與酒精在那些閒暇的文化人的思想中結合的方式，與波特萊爾所想的是截然不同的。

在這舒適的車廂裡，我審視著為我駕車的人，
他完全是台機器，
醜陋可怕，長著濃密的鬍子，長長的頭髮黏在一起，
惡習、酗酒和昏睡使他的醉眼渾濁而沉重。
人怎麼能墮落到這種地步？我這麼想著，
一面把身子縮到座位的另一角。[27]

這是詩的開頭；緊接著是一段讓人恍然大悟的詮釋。聖—伯夫問自己，是否他的靈魂不致於像車夫的一樣幾乎被人忽略。

下面這首題為〈阿貝爾與該隱〉的詩則顯示出波特萊爾對被剝奪繼承權的人所持的更隨意、更合理的觀點之基礎。它把聖經裡兩兄弟的爭奪轉變為兩個永遠勢不兩立的種族間的鬥爭：

阿貝爾的後代，酣睡與暢飲；
上帝滿意地望著你們微笑。

該隱的後代，在污物與惡臭中
匍匐而死去，下場悽慘。[28]

只出於最簡單的體面，也不會允許一個人像牲畜一樣地死去，人們不會拒絕施捨給他們一個棺材。」（布雷，《英法勞動階級的苦難》，巴黎，一九四〇，卷一，第二六六頁）

26 一個極有意思的現象是，在這首詩的各種版本中，最後一段裡的反抗愈來愈明顯了。由此人們可以清楚地看到，只有當內容變成一種咒罵，詩的這一段才找到了確定的形式。

27 聖—伯夫，《安慰》，巴黎，一八六三，第一九三頁。

28 《全集》，第一卷，第一三六頁。

全詩由十六個對句組成，每隔一句的開頭都一樣。該隱（Cain），這個被剝奪繼承權者的祖先，以一個種族創立者的身分出現，而這個種族只能是無產階級。一八三八年，格拉尼埃・德・卡薩納克（Granier de Cassagnac）出版了《無產階級與資產階級的歷史》，此著作的目的在於找到無產階級者的起源；他們構成了一個次人類（subhumans）的階層，這是由盜賊與妓女交配而產生的。波特萊爾知道這些理論嗎？很可能知道。馬克思肯定見過這類言論，他把格拉尼埃・德・卡薩納克稱作拿破崙主義者反動的「思想家」。《資本論》避開了這個種族理論，而發揮了「一種特殊的商品所有者」的概念[29]，它指的就是無產階級。波特萊爾筆下該隱的後代也恰恰就是這個意思，儘管他還不能夠說明這一點。這種人只擁有自己的勞動力，除此之外不擁有任何商品。

波特萊爾的這首詩是題為《反抗者》（*Révolte*）[30]的組詩的一部分，另外三段都帶著一種褻瀆神明的調子。但我們對波特萊爾的撒旦主義不必太認真。如果它有什麼意義的話，那也只不過是唯一可以選擇的態度，它表明波特萊爾在任何時候都能保持一種忤逆的、不恭不敬的立場。但組詩的最後一首〈致撒旦的禱文〉卻出自神學的內容，即蛇崇拜儀式的「求主憐我」。撒旦帶著它路濟弗爾（魔鬼）的光環出現了，作為深奧知識的看護人、普羅米修斯式的技能的指導者和冥頑不馴的人們的守護天使。詩中的字裡行間閃現著布朗基的影子。

你賦予罪惡從容的神采
詛咒斷頭台四周的人群。[31]

---

29 馬克思，《資本論》，柯爾施編，柏林，一九三二年版，第一七三頁。

30 這個題目本來有一個序言性質的註釋，在日後的版本裡被刪去了。它聲明這組詩是「無知與憤怒的詭辯」的文學摹仿，但事實上它根本不是摹仿。第二帝國的檢查官懂得這一點，他們的後繼者也懂得這一點。塞耶在對《反抗者》組詩的第一首的解釋中若無其事地指出了這一點。這首詩題為〈聖彼得的否認〉，其中有這樣的句子：

你可曾想起那輝煌美麗的時光……
你的心中完全充滿勇氣和希望，盡力鞭打可恨的商人，
終於身體成為眾民之主的日子？那時，
可有懊悔在槍扎之前預先刺進你的身體？

在這種懊悔之中，譏諷的闡釋者看到了一種自我譴責，這種自我譴責是因為「錯過了這樣一個建立無產階級專政的大好時機」（塞耶，《波特萊爾》，巴黎，一九三一，第一九三頁）。

31 《全集》，第一卷，第一三八頁。

就連召喚魔鬼的索鏈也知道這個撒旦是「密謀家的懺悔神父」，他與那個地獄裡的陰謀家，被人稱作三倍偉大的撒旦（Satan trismegistos）的惡魔不同，他在詩中以及一些散文作品中是以至高無上者的身分出現的，他的陰府就在寬闊的林蔭大道附近。勒美特（Jules Lemaître）就曾指出這魔鬼具有二重性，「一方面是萬惡之源，另一方面卻是偉大的被征服者，偉大的犧牲者。」[32]如果人們要問是什麼迫使波特萊爾把自己對當權者的激烈反抗置入一種激烈的神學形式中，那就得從另一個方面來看這個問題了。

當無產階級在六月革命中遭受失敗後，對資產階級秩序和社會地位等印象的抗議得到了統治階級而非被壓迫階級的更多支持。信奉自由和正義的人們在拿破崙三世身上看到的不是戰士的國王——儘管他本人想繼他叔父之後成為那樣的人——而是一個為時運所寵愛、十足自信的人，這便是他在（雨果的）《懲罰集》（*Châtiments*）裡保有的形象。至於波希米亞浪蕩哥兒們，從圍繞著他們的豪華宴會和富麗堂皇的排場中看到自己「自由」生活的夢想實現。他們描繪有關皇帝周遭沒落的城堡的回憶，從而使咪咪和舒納德顯得相當體面，且相形之下俗陋不堪。在上層階級中，玩世不恭（犬儒主義）是一種頗受讚賞的作風；在下層階級中，反抗性的激辯是通行的一般準則。維尼（Vigny）在《埃洛瓦》（*Eloa*）中遵循拜倫的傳統，在一種神祕學說的意義上向路濟弗爾這墮落的天使表示效忠。巴泰勒米（Barthélemy）則相反，在其《復仇女神》（*Némésis*）中把撒旦主義與統治階級聯繫起來；他使大量的股票投機者歡欣鼓舞，使老人年金的頌歌四處傳唱[33]。波特萊爾對撒旦的這種二重性瞭如指掌。在他看來，撒旦不僅為上層同時也為下層社會說話，大概沒有人比波特萊爾更能領會馬克思《霧月十八日》中的這段話了：「法國資產階級在政變後也高聲叫嚷道：『現在只有十二月十日會的首領還能拯救資產階級社會！只有盜賊還能拯救財產，只有偽誓還能拯救宗教，只有私生子還能拯救家庭，只有混亂還能拯救秩序！』」[34]即使在反抗的時刻，波特萊爾這個耶穌會的崇拜者也沒打算永遠徹底地放棄這個救世主，但在詩中他抑制了那種在散文中未加拒絕的東西；因此，撒旦在詩中出現。在他看來，這些詩的微妙力量並不歸功於徹底拒絕效忠，也不歸功於反抗理解力和人性，即使它是一種絕望的嚎叫。幾乎所有出自波特萊爾的虔誠的自白都像是戰鬥的吶喊。他不會放棄他的撒旦，在他與自己的無信仰作鬥爭時，撒旦是他真正的精神支柱。然而這與宣誓或祈禱毫不相干，褻瀆令人醉心的撒旦正是

---

32 勒美特，《當代作家》，第四輯，巴黎，一八九五，第三〇頁。

33 參見巴泰勒米，〈復仇女神〉，見《每週諷刺》，巴黎，一八三四，第一卷，第二二五頁。

34 馬克思，《路易．波拿巴的霧月十八日》，第二二四頁（《馬恩全集》，中文版，第七卷，第二二四頁）。

惡魔的特權。

波特萊爾想透過與杜邦（Pierre Dupont）的友誼來說明自己是一個社會詩人。巴爾貝．多爾維利（Barbey d'Aurevilly）的評論文章中有一段作者的素描：「在這個天才的心靈中，該隱比優雅的阿貝爾（Abel）占有更高的地位——那殘暴的、飢餓的、嫉妒的、野蠻的該隱走進城市來消釋他們心中深深埋藏著的積怨。他加入這錯誤的想法中來體驗他們的勝利。」[35]這段描繪準確地道出了那把波特萊爾與杜邦緊緊聯繫在一起的東西。杜邦和該隱一樣離開了田園，「走進了城市」，「他與我們的父輩所想像的詩沒有絲毫關係……甚至全無一點單純的羅曼蒂克。」[36]杜邦從日益擴大的城鄉裂隙中覺察到抒情詩的危機正在步步逼近。他在一首詩裡尷尬地承認了這一點；杜邦說詩人「把耳朵輪流借給森林和大眾」，大眾則對他的苦心給予回報；一八四八年左右杜邦是眾人談論的話題。革命失敗後，杜邦一首接一首地寫下了他的《選舉之歌》（*Chant du vote*）。那時候，在政治文學方面沒什麼東西能與他的詩相匹敵。這是馬克思賦予那些有著「可怕的濃眉毛」[37]的六月革命者的月桂樹上的一片葉子。

讓他們的陰謀成為泡影，噢，共和戰士，

讓他們看看你們的面孔，那了不起的
美杜莎之面的四周滿是紅色的閃電。[38]

波特萊爾在一八五一年為杜邦詩集所寫的序是一次文學上的戰略行動，其中有這樣的著名言論：「為藝術而藝術派的幼稚的烏托邦排斥道德，甚至還常常拒絕熱情，現在必須讓它絕育。」接著他說（這明顯指的是巴比埃〔Auguste Barbier〕）：「當一個詩人出現時——除了偶爾顯得不稱職外——幾乎總顯得那麼偉大，當他用火一般的語言昭示一八三〇年起義的祕密，為悲慘的蘇格蘭和愛爾蘭歌唱時，這個問題就已經斷然解決了，自此之後藝術與道德和功利都是不可分的。」[39]但這裡並

35 巴爾貝．多爾維利，《十九世紀：作品與作家》，第一卷，第三部：「詩人」，巴黎，一八六二，第二四二頁。
36 拉魯斯，《十九世紀大宇宙辭典》，第六卷，巴黎，一八七〇，第一四一三頁（論杜邦）。
37 馬克思，《紀念六月戰士》，見里亞扎諾夫編，《馬克思，一個思考者，一個革命家》，維也納，一九二八，第四〇頁。
38 P．杜邦，《選舉之歌》。
39 《全集》，第二卷，第四〇三頁及其下。

沒有那種賦予波特萊爾作品生命力的深奧的表裡不一。它支持被壓迫者，儘管它由於同樣的原因與他們一樣相信他們的幻想。它傾聽著革命的頌歌，也傾聽著執行死刑的鼓聲傳出的「更高的聲音」。當拿破崙透過政變登台執政，波特萊爾立即被激怒了，「他站在一個深遠的位置上注視著事態，變得像一個修道士。」[40]「神權政治與共產主義」[41]對於他不是罪惡，相反地卻爭相吸引著他的注意力；一方並非天使，而另一方也並非像他可能所想的那樣是惡魔。波特萊爾沒多久就放棄了他的革命宣言，若干年後他寫道：「杜邦的第一首詩應歸功於他天生的優雅和一種女性的靈敏。幸運的是，在那些日子裡幾乎把人人都捲進去的革命活動並未使他完全偏離他固有的軌道。」[42]他對「為藝術而藝術」的突然一擊在波特萊爾看來不過是一種恣態，以此他可以宣告他作為一個自己支配自己的文人的自由。在這一點上，波特萊爾領先了同時代的作家，包括最偉大的作家。這使他卓然立於周圍的文學活動之上。

在一個半世紀中，日常的文學生活是以期刊為中心。本世紀三〇年代末這種情況有了改變。專欄在每天出版的報紙上為純文學（belles-lettres）提供了一個市場。這一文化分支的序曲為七月革命帶給出版業的變化作了總結。在復辟時期，單張零售的報紙是禁止出售的，人們只能訂閱。那些出不起八十法郎的高價訂一年報紙的人只好去咖啡館，那裡經常有好幾個人湊在一起讀一份報紙。一八二四年巴黎有四萬七千個報紙訂戶；一八三六年有七萬，而到一八四六年則達二十萬戶。在這個過程中，吉拉丹（Girardin）的《快報》（*La Presse*）起了決定性的作用。它帶來三次重要的革新：把訂報費降到四十法郎，廣告，以及連載小說。同時，簡短、直截了當的新聞條目開始與詳盡的報導競爭，這些新聞因為可以商業化地應用而很快流行起來。所謂的廣告（réclame）為它們鋪好了路，這種醒目獨立的佈告立刻引起了出版商的注意，隨即出現在報紙經過編排的欄目上，介紹一本前些天做過廣告或正在印刷的書。早在一八三九年聖—伯夫就指責廣告使人道德敗壞：「他們怎麼能一邊在一篇評論中謾罵作者，另一方面卻在下面兩吋的地方把它說成是時代的奇蹟呢？廣告的字體愈來愈大，它的吸引力占了上風；它構成了一座磁山，使羅盤的指針偏離了方向。」[43]這種廣告只不過是某種過程的開端，它最後發展為由感興趣的人付錢、刊登在報刊上的股票交易通告。撇開出版業的墮落史就不可能寫出一部信

40 德雅爾丹，〈波特萊爾〉，載《藍色雜誌》，巴黎，一八八七。
41《全集》，第二卷，第六五九頁。
42《全集》，第二卷，第五五五頁。
43 聖—伯夫，〈論工業文學〉，載《兩世界雜誌》，一八三九，第六八二頁及其下。

息史。

這些信息條目只需很小的空間，使得報紙的面貌每天各異的不是政治專欄，而是這些條目。它聰明地使每一頁都顯得豐富多彩而又各不相同，這是報紙魅力的一部分。這些條目必須不斷地填滿，市井閒話、桃色新聞以及「值得了解的事情」是它一般的來源。它們本身易得、精巧，非常符合專欄的特點，這從一開始就很明顯。吉拉丹夫人在她的《巴黎書簡》中對照片表示了熱烈歡迎：「目前，人們的注意力都轉到達蓋爾（Daguerre）先生的發明上了。沒有什麼比我們那些沙龍學究對它進行的一本正經的解釋更可笑了。達蓋爾先生用不著擔心；沒人會偷走他的祕密……確實，他的發明太棒了；可人們不了解它，對於它的說明已經太多了。」[44]專欄的風格並不是在各處都會被立即接受的。「在一八六〇年和一八六八年，福洛特男爵（Baron Gaston de Flotte）寫的兩卷《巴黎的刊物》（*Revues parisiennes*）相繼在巴黎和馬賽問世，其任務是努力改變人們對歷史資料，尤其是對巴黎出版的專欄類資料漠不關心的狀況。那些消息填補者產生於喝開胃酒時分的咖啡館。「喝開胃酒的習慣喚醒了街頭出版業。在只有一本正經的大報的時候，人們對雞尾酒時間還一無所知。」[45]雞尾酒時間是「巴黎時間表」以及市井閒話合乎邏輯的結果。咖啡館生活使編輯們在印刷機器尚未發達之時就已適應了新聞服務的節奏。直到電報在第二帝國末期被廣泛應用，街頭小報的壟斷才被打破。意外事件和犯罪新聞如今可以從全世界各地取得。

一個文人與他生活的社會之間的同化作用隨著時尚發生在街頭。在街頭，他必須使自己準備好應付下一個突然事件、下一句俏皮話或下一個傳聞。在這裡，他展開了他與同事及城市人之間詳盡的聯繫網，他依賴他們的成果就好像妓女依賴喬裝打扮[46]。在街頭，他把時間用來在眾人面前顯示其閒暇懶散，這是他工作的一部分。他的行為像是告訴人們，他已從馬克思那裡弄懂了商品價值是由製造它所需的社會必要勞動時間決定的。在眾人面前延長閒暇時間對於認識他自己的勞動力是必需的，這使它的價值變得大得簡直讓人難以捉摸。這麼高的價值是不受公眾限制的。那時，專欄的高報酬就說明了他們的社會地位業已確立。事實上，這與訂報費用的下降、廣告的增加以及專欄重要性的上升之間有著某種關係。

44 吉拉丹夫人，《全集》，第四卷，巴黎，一八六〇，第二八九頁及其下。

45 吉耶莫，《波希米亞人》，巴黎，一八六八，第七二頁。

46「用不著多麼敏銳的觀察力就可以看出，八點鐘時裝扮華麗精美的女子，就是九點鐘的女店員，而到十點，她又成了一個農家女。」（貝羅，《巴黎的妓女及管理她們的警察》，巴黎－萊比錫，一八三九，卷一，第五一頁及其下）

「由於實行新的措施（降低訂報費），狀紙必須靠廣告的收入維持……為了贏得更多的廣告，必須盡可能地使四分之一的版面被與訂戶數一樣多的人看見，因而必須不擇手段地引誘讀者的私人觀點，用好奇心來替換政治……一旦新的方針——把報費降到四十法郎——開始實行，從廣告到連載小說的改進都是必不可少的。」[47]這個事實解釋了為這種投稿付出的高額報酬。一八四五年，大仲馬與《立憲黨人》（*Constitutionnel*）及《快報》簽了合同，根據這份合同，如果他每年提供至少十八次作品，便可獲得至少六萬三千法郎的報酬[48]。歐仁．蘇（Eugène Sue）因《巴黎的祕密》（*Mystères de Paris*）收益十萬法郎。一八三八至一八五一年間，拉馬丁（Lamartine）的年薪總數達五百萬法郎。僅從最先刊登在專欄上的《紀龍德人的故事》（*Histoire des Girondins*）他就獲得了六十萬法郎的進帳。日常文學交易的慷慨報酬不可扼制地泛濫起來。當出版商得到手稿後，通常保留印上他們選中的作家的名字的權利，實際上，一些功成名就的作家並不太注意自己名字的使用。一篇題為〈小說創作，大仲馬書店〉[49]的諷刺小品文提供了某些詳情。《兩世界雜誌》（Revue des deux mondes）當時評論道，「誰知道有多少書是由大仲馬寫的呢？他自己知道嗎？除非他有一本借主與貸主的分類帳，不然他肯定忘了不少他合法的、不合法的或是收養的孩子們。」[50]據說，大仲馬在自己的地下室雇請了一批窮作家。

直到一八五五年，即這家了不起的雜誌發表上述評論後的十年，一家小報刊《波希米亞人》登了一段文字，它這樣描繪一位被作者稱為德．桑克蒂斯的成功作家的生活：「回到家裡，德．桑克蒂斯先生小心翼翼地把門鎖上……在他的那些書後面打開一扇小門。他走進一間狹小、昏暗的小屋，發現裡面坐著一個人，頭髮亂蓬蓬的，面目陰鬱而又諂媚，手上握著一支長長的鵝毛筆。即便在遠處，人們也可以一眼看出他是個天生的小說家，雖然他以前只不過是個政府的小職員，透過在《立憲黨人》上讀巴爾札克學習寫作。他是《蝸居》的真正作者，一位小說家。」[51]在第二共和國期間，議會試圖制止專欄文章的擴散，對每一期連載小說都課以一生丁（centime）的稅。過了不久，這一規定便被撤消，保守的出版法限制言論自由，從而使專欄的吸引力進一步提高。

47 奈特芒，《七月政府統治下的法國文學史》，巴黎，一八五九，第一卷，第三〇一頁及其下。
48 S．夏綠蒂，〈七月王朝〉，見E．拉維斯，《自大革命至一九一九年和平時期的法國文學史》，巴黎，一九二一—二二，卷四，第三五二頁。
49 參見米勒古，《小說創作》，巴黎，一八四五。
50 利美拉克，〈現代小說與小說家〉，見《兩世界雜誌》，一八四五，第九五三頁及其下。
51 索爾尼耶，〈小說總論及現代小說家的個別論述〉，載《波希米亞人》，一八五五，第一卷，第三頁。

專欄的巨大市場給撰稿人提供了巨額的報酬，並幫助這些作家贏得了名聲。很自然，一個人會利用自己的名聲開拓財源；而政治生涯的大門便自動朝他打開了。這導致了腐敗的新形式，它比濫用作家姓名還要普遍。一旦作家的政治野心被喚起，政府自然要告訴他們正確的道路。一八四六年，殖民大臣薩爾旺蒂（Salvanty）邀請大仲馬由政府出錢到突尼斯旅行——花費總計一萬法郎——為殖民地作宣傳。不過考察並不成功，花了大筆的錢，議員只詢問了一下便不了了之。歐仁・蘇的運氣好些，藉助《巴黎的祕密》的成功，他不但使《立憲黨人》的訂戶由三千六百增至兩萬，還在一八五〇年以十三萬張巴黎工人的選票當選為議員。不過無產階級選民並沒有得到什麼；馬克思把這次選舉稱為對於一個勢在必得的席位的「感傷的註釋」[52]。如果文學能為一個為它所寵愛的作家打開政治生涯的通路，那麼這種政治生涯便會被用在他的作品中發揮其評價。拉馬丁就是一個例子。

拉馬丁決定性的成功，即《沉思集》（*Méditations*）和《諧和集》（*Harmonies*），要追溯到法國農民還能夠透過自己的勞動從自己的土地上收穫果實的時代。在一首致阿爾封斯・卡爾（Alphonse Karr）的質樸的詩裡，詩人把他的創造性等同於種葡萄釀酒的人：

每一個驕傲的人都能賣出他的甘甜！
我賣我的葡萄酒一如你賣你的鮮花，
多麼幸福，當我踐踏腳下的葡萄，
看著仙液琥珀一般的溪流灌入酒桶，
為主人釀造，啜飲他的品質，
大筆的黃金換來大量的自由。[53]

在這些句子裡，拉馬丁讚美其鄉村的豐饒，誇耀其產品在市場上給他帶來的收入，如果人們不僅把它理解為道德觀[54]，更把它視為一種拉馬丁的階級感的表述——小土地所有者的階級感，那麼這些句子是很能說明問題的。這是拉馬丁詩歌史的一部分。在十八世紀四〇年代，小土地所有者的境況變得糟糕起來，他債台高築，他的

52 馬克思，《路易．波拿巴的霧月十八日》，著作已引，第六八頁。
53 拉馬丁，〈致阿爾封斯．卡爾的信〉，見《詩全集》，巴黎，一九六三，第一五〇六頁。
54 教皇極權主義者維伊奧在致拉馬丁的公開信中寫道：「難道你真不知道『獲得自由』實際上意味著蔑視金錢？而你為了獲得那種用金錢買來的自由而按照你生產蔬菜或酒那樣的商業方式生產出你的書來。」（維伊奧，《文選》，一九〇六，第三一頁）

那小塊土地「已不是躺在所謂的祖國中，而是在抵押帳簿上」[55]。這意味著田園樂觀主義的沒落和那種以拉馬丁的詩歌為代表的理想化的自然觀的沒落。「可是，只要剛剛出現的小塊土地和社會調和，由於它依賴自然力，並且對保護它的最高權力採取順從態度，因而自然是相信宗教的，那麼，債台高築、和社會及政權當局不合，以及超越自己有限範圍的小塊土地自然要變成反宗教了。蒼天是剛才獲得的小塊土地美好的附加物，它創造了天氣；可是，一旦有人硬要把蒼天當作小塊土地的代替品的時候，它就成了一種嘲弄。」[56]拉馬丁的詩在那片天空上形成了烏雲。正如聖—伯夫在一八三〇年寫道：「謝尼埃（André Chénier）的詩不妨說是拉馬丁所鋪展開的天空下的一幅風景畫。」[57]而當一八四八年法國農民選出拿破崙當總統時，這片天空便崩塌了，永遠不復存在[58]。聖—伯夫道出了拉馬丁在革命中的角色：「他或許從未想到他註定要成為奧費斯神（Orpheus），用他金色的弓帶領並緩和了那種對異族的侵略。」[59]波特萊爾乾脆稱他為「一個妓女，一個婊子」[60]。

對於這個光輝形象有問題的一面，波特萊爾看得比誰都清楚，這可能是由於事實上他常常感到那光輝觸及到他自身。博爾歇（Porché）相信波特萊爾很少有機會讓出版商接受他的稿子[61]。雷諾（Ernest Raynaud）寫道：「波特萊爾必須對不道德的行為作好準備。他要對付的是一幫考慮到寫作老手、業餘作家和初出茅廬的新手的虛榮心的出版商。只有當一筆預約款進帳，他們才會接受稿子。」[62]波特萊爾自己的全部活動與這種狀況是協調一致的。他把一篇稿子同時投給好幾家報紙，不加說明便允許重印。從一開始，他對文學市場就不抱任何幻想。在一八四八年他寫道：「無論一幢房子多漂亮，在有人詳細說出它的美之前，最初不過是高幾公尺、長幾公尺。同樣，儘管文學由最高深莫測的材料構成，首要之務卻是填格子；而一個名聲不足以保證其利益的文學建築師必須不論人家出什麼價都賣。」[63]在文學市

---

55 馬克思，同上書，第一二三頁（《全集》，中文版，第七卷，第一二三頁）。

56 同上書，第一二二頁（《全集》，第七卷，第一二二頁）。

57 聖—伯夫，《德洛姆的生活、詩與思想》，巴黎，一八六三，第一七〇頁。

58 當時俄國駐巴黎大使的報告表明，事情就是像馬克思在《法蘭西階級鬥爭》中所描述的那樣發生的，一八四九年四月六日拉馬丁曾向大使保證他將在首都集結軍隊——這便是資產階級日後企圖用來對付四月十六日工人示威的辦法（參見波克雷斯基，《歷史論文集》，維也納，一九二八，第一〇八頁及其下）。

59 聖—伯夫，《安慰集》，第一一八頁。

60 引自博爾歇，《波特萊爾的痛苦生活》，巴黎，一九二六，第二四八頁。

61 同上書，第一五六頁。

62 雷諾，《波特萊爾》，巴黎，一九二二，第三一九頁。

63 《全集》，第二卷，第三八五頁。

場上，波特萊爾最終也只占了一個很糟的位置。他的全部作品不過為他掙了一萬五千法郎。

聖—伯夫的私人祕書特魯巴特（Jules Troubat）這樣寫道：「巴爾札克毀於咖啡，繆塞（Musset）被苦艾酒灌得陰鬱消沉……米爾熱（Murger）與波特萊爾一樣死在療養院。這些作家沒有一個成為社會主義者。」[64]對於最後一句話，波特萊爾當之無愧，但這並不意味著他對文人的真實處境缺乏洞見。他經常把某種人比作娼妓，首先是他自己。他的〈為錢而幹的繆司〉（La Muse vénale）十四行詩說出了這一點。偉大的序言詩〈致讀者〉描繪了詩人用冷酷的現金換來告解這種令人難以恭維的地位。一首未收入《惡之華》的早期作品是寫給街頭行人的。下面是它的第二段：

為一雙鞋她賣掉了靈魂；
老天會恥笑，在卑鄙者身旁，
我扮出偽善的小丑般的高傲，
為了成為作家我販賣我的思想。[65]

第二詩節〈放浪無羈，這便是我的一切〉漠然地把這類人歸到波希米亞弟兄中間。波特萊爾明白文人的真實處境：他們像遊手好閒之徒一樣逛進市場，似乎只為四處瞧瞧，實際上卻是想找一個買主。

64 克雷佩，《波特萊爾》，巴黎，一九〇六，第一九六頁及其下。
65《全集》，第一卷，第二〇九頁。

二　遊手好閒者

當一位作家走進市場，他就會四下環顧，好像走進了西洋景裡。他的第一個企圖是為自己確定方向，一種特殊的文學類型把這種最初的企圖保留了下來。這是一種全景文學。《一百零一人》、《法國人自畫像》、《巴黎的魔王》、《大城市》等幾部作品像西洋景一樣同時受到都市人的喜愛，這種現象不是偶然的。這些書由獨立成篇的小品文構成，這些短小的文章以其趣聞軼事的形式複製那些活動畫景由塑料製成的前景，又以豐富的知識展現出它們廣闊的背景。不少作家致力於這些書，於是這些文選都是由純文學作品匯集而成，而吉拉丹則在通俗專欄裡為這些作品找到了出路。它們是一種文學沙龍的外衣，基本設計是要在街頭出售。在這些著作中，一些平裝、樣子普普通通、名曰「生理學」的袖珍本占據重要的位置。它們調查了逛市場可能遇到的各類人，從在林蔭大道上轉來轉去的街道小販，到劇院休息廳裡的花花公子，巴黎生活中的每一個人都被生理學家所描繪。這類文學的繁榮時期是四〇年代初，它是通俗文學的上流（heute école）；波特萊爾這代人經歷了這一時期。

而它對波特萊爾本人意義甚小，這一事實說明他在早年就已開始走自己的道路。

一八四一年，有七十六部新的「生理學」問世[1]。在此之後，這類作品開始減少，最終與平民帝王路易—菲力普（Louis-Philippe）的統治一同消亡。它在根本上是一個資產階級流派，其大師莫尼埃（Monnier）是位具有不尋常的自我觀察能力的俗人。這些生理學沒能在任何地方突破最有限的視野。各種人都被寫完之後，就輪到城市生理學出現了。當時有了《夜的巴黎》、《桌上的巴黎》、《水中的巴黎》、《馬背上的巴黎》、《風景如畫的巴黎》和《結婚的巴黎》。待城市被弄得枝窮葉盡後，作家又開始嘗試國家「生理學」，就連動物「生理學」也沒放過，因為動物總是無關痛癢的題目。無關痛癢是本體。富克斯（Eduard Fuchs）在其諷刺畫歷史的研究中指出，「生理學」的起源與所謂的九月法，即一八三六年嚴格化了的審查制度是相應的。這些法規概括地說就是將一批有諷刺前科、有才華的藝術家趕出政治領域。如果這一點能實施於繪畫藝術，那麼政府的手段在文學上就更容易奏效了。因為一個杜米埃（Daumier）的政治能量是無與倫比的。如此一來，反動成了一種

1 魯昂德爾，〈十五年來法國精神產物的文字統計〉，載《兩世界雜誌》，一八四七年十一月十五日，第六八六頁及其下。

原則；「它對始於法國資產階級生活的大規模遊行作出了解釋……一切都經過了檢查……慶典日、哀悼日、工作與娛樂、夫妻生活習慣、單身漢的行為、家屬、家庭、兒童、學校、社會、劇院、身分、職業等等。」[2]

這些作品輕鬆自如的描寫風格，與在柏油馬路上拾揀花草的遊手好閒者的風格相合。但即便在那時，也不可能在城市裡四處遊蕩。在豪斯曼之前，寬闊的街面很少，而狹窄的街道不能防止車輛。假如沒有拱廊街，遊蕩就不可能顯得那麼重要了。一八五二年的一份巴黎導覽圖這樣寫道：「這些拱廊街是工業奢侈的新發明。它們的頂端用玻璃鑲嵌，地面鋪著大理石，是連接一群群建築物的通道。它們是本區屋主們聯合經營的產物。這些通道的兩側排列著極高雅豪華的商店，燈光從上面照射下來。所以，這樣的拱廊街堪稱是一座城市，甚至是一個世界的縮圖。」遊手好閒之徒就在這個世界裡得其所哉，他們為閒蕩的人、抽菸的人提供最喜歡逗留的地方，為各行各業的小人物提供可以發洩氣憤的地方[3]，並提供給編年史家和哲學家。至於他本人，他那種在一個酒足飯飽的反動政權邪惡的眼皮底下容易產生的厭倦，在那裡可以得到無窮盡的補償。用波特萊爾引用吉斯（Guys）的話來說，「誰要是在人群中感到厭煩，誰就是蠢蛋。我再重複一遍：誰就是蠢蛋，一個不值一顧的蠢蛋。」[4]拱廊街是室內與街道的交接處。如果有人想談生理學的表現手法，把大街變成室內就是的通俗文學被證明的手法。街道*成了遊手好閒者的居所。他靠在房屋外的牆壁上，就像一般的市民在家中的四壁裡一樣安然自得。對他來說，閃閃發光的琺琅商業招牌至少是牆壁上的點綴裝飾，不亞於一個資產階級者的客廳裡的一幅油畫。牆壁就是他按住筆記本的書桌；書報亭是他的圖書館；咖啡館的階梯是他工作之餘俯視家人的陽台。這種多姿多樣、變化無窮的生活只能在灰色的鵝卵石中興旺繁盛，而君主政治的灰色背景正是生理學立於其上的政治祕密。

從社會的角度來看，這些作品是奇怪的。生理學在人物描寫方面呈現給大眾的是長長一串或古怪、或單純、或可愛、或嚴肅的角色，他們有一個共同點：他們都彬彬有禮，於眾無害。這種對同類人的看法與實際體驗相距甚遠，定有其不尋常份量的動機。其原因是一類特殊人物的不安。人不得不使自己適應一個新的、陌生的環境。在大城市尤其如此。西梅爾（Simmel）巧妙地道出了其中的內涵。他說：「看得到而聽不到的人比聽得到而看不到的人更不安，這裡包含著大城市社會學特

2 E．富克斯，《歐洲工人的諷刺畫像》，慕尼黑，一九二一，卷一，第三六二頁。
3 F．高爾，《巴黎與塞納河》，奧爾登堡，一八四五，卷二，第二二頁及其下。
4《全集》，第二卷，第三三三頁。
* 在前面的句子裡，「街道」（street）被換成了「大街」或「林蔭大道」（boulevard）。——譯者註

有的東西；大城市的人際關係明顯表現在眼部的活動大大超越耳部的活動。大眾運輸方式是主要原因。在汽車、火車、電車發展的十九世紀以前，人們無法相視數十分鐘、甚至數小時而不攀談。」[5]西梅爾認為，這種新的環境令人不愉快。在布爾威—利東（Bulwer-Lytton）的《歐仁・阿拉姆》（*Eugene Aram*）中，他在描寫大城市時，引用了歌德的話：每個人，無論是最高貴的還是最卑賤的，心裡都揣著一個祕密，假如這個祕密被公眾所知，他就成了大家痛恨的人[6]。生理學則把這些令人不安的思想視為無足輕重，拂置一邊。可以說，這些思想構成了馬克思所說的「思想狹窄的城市動物」[7]的眼罩。福考（Foucaud）的《法國工業生理學》中一段有關無產階級的描寫顯示，這些生理學在有需時所能提供的視野是多麼有限：「安寧的享受對一個工人來說簡直是一種折磨。他居住的房子可能是在晴空之下，綠蔭環抱，鳥語花香，可是如果他無所事事，他仍然不能消受這幽居的妙處。然而，如果他偶然聽到遠處某家工廠傳來刺耳的噪音，哪怕是聽到工廠傳來的機器單調的鏗鏘聲，他的臉就會立刻放出光彩，他就不會再感受到高貴的花香。從工廠高高的煙囪裡冒出的濃煙和打在鐵砧上轟響的鐵錘聲會使他快樂得戰慄。他懷念那些按著發明家指定的方式工作的日子。」[8]讀了這段描述的企業家可能比習慣還要輕鬆地睡大覺去了。

的確，這類作品最明顯的就是要呈現給讀者一幅人們互相友好的畫面。因此，生理學用自身的方式，幫助創造了巴黎生活的幻覺，但它們的辦法也就僅止於此。人們明白彼此之間的關係是借方與貸方之間的關係，顧客與售貨員的關係，雇主與雇員的關係，尤其是競爭者的關係，從長遠來看，人們似乎不太可能相信他們的伙伴是無害的人。所以，這些作品很快對事物形成了一種較接近事實的觀點。它們走回頭路求助於十八世紀的面相學家，儘管它們與後者的努力無甚關係。在拉瓦特爾（Lavater）和高爾（Gall）身上，除了玄想和幽幻之外，還有真正的經驗主義。生理學完全依附於經驗主義，沒有加進任何自己的東西。它們向人們保證，每個人都無須任何實際的了解就可以辨認出一個過路人的職業、性格、背景和生活方式等方面。在這些作品中，這種能力彷彿是某位可愛的仙女在大城市居民降生時賜給他的禮物。在這方面，巴爾札克比其他人都更有天賦。他對不加修飾的語言的偏愛獲得

5 西梅爾，《社會學》，柏林，一八五八，第四版，第四八六頁。
6 參見布爾威—利東，《歐仁．阿拉姆，一個故事》，巴黎，一八三二，第四八六頁。
7 〈馬克思與恩格斯論費爾巴哈〉，見里亞扎諾夫編，《馬克思恩格斯文獻》，法蘭克福，一九二一，第一卷，第三六二頁。
8 福考，《法國工業的生理學》，巴黎，一八四四，第二二二頁。

了極好的報答。他寫道：「一個人的天資是極明顯的，即使一個受教育極少的人在巴黎市街遊逛時碰到一位偉大的藝術家，也能立刻辨認出他來。」[9]德爾沃（Delvau）是波特萊爾的朋友，也是小有名氣的通俗小說家中最有趣的一位。他聲稱他可以像地質學家分辨岩層一樣，輕而易舉地將巴黎人按階層劃分出來。如果能做出這種事來，那麼大城市的生活肯定就不會像人們所感到的那樣不安了。如此一來，波特萊爾下面的這類問題便沒有意義：「與文明生活每天的衝擊與爭執相比，森林和草原的危險又算得了什麼？不管是在大街上攫取他的犧牲品，或在陌生的樹林中刺死他的獵物，他不是在四處都保有食肉動物中最完美的形象嗎？」[10]

對於這個犧牲品，波特萊爾用了‘dupe’這個詞，意思是被欺騙、被愚弄的人。這樣的人是人類本性的鑑賞家的對比。一個城市變得愈離奇古怪，對人的本性的認識就要愈深刻，才能在其中生存下去。事實上，為生存而進行的激烈鬥爭導致個人急不可待地宣告他的自身利益。在評價某個人的行為時，對他這些利益的熟悉比對他個性的了解更有裨益。遊手好閒者喜好吹噓的那種能力，很可能是培根早已在市場找到的偶像的能力。波特萊爾對這種偶像幾乎沒有什麼敬意。他對原罪的信仰使他再不能相信對人的本性的認識。他與把研究教條和研究培根融為一體的邁斯泰爾（Maistre）的立場一致。

生理學家們所兜售的安慰人心的小小補償很快就沒有效果了。另一方面，關注城市生活中動蕩和危險的樣貌的文學則前程遠大。文學也以大眾為對象，但其方法與生理學不同。文學不熱衷於為各類人物定義概念化，相反的，它探究的是大城市居民獨特的機能。其中的一種機能引起人們特別的注意，並且早在十八世紀末就被一份警察報告強調。一七九八年，一位祕密警察寫道：「要想在人口稠密的地方保持完美的行為幾乎是不可能的，因為人與人互不相識，一個人在他人面前無需慚顏。」[11]在這裡，大眾彷彿是避難所，使得這類脫離社會的人免遭懲罰。在大眾的各種危害方面，這一點最為明顯。這也是偵探小說的開端。

在人人都像密謀者的恐怖時期，人人都處於扮演偵探角色的情形中。遊蕩給人提供了這樣做的最好機會。波特萊爾寫道，「一個旁觀者在任何地方都是化名、微服的王子。」[12]如果遊手好閒者就這樣變成了不情願的偵探，在社會方面這對他是很有好處的，因為這使他的遊蕩得到認可。他只是看起來無所事事，但在這無所事

9 巴爾札克，《蓬斯表弟》，巴黎，一九一四，第一三〇頁。
10《全集》，卷二，第六三七頁。
11 引自A·施密特，《法國革命》，第三卷，萊比錫，一八七〇，第三三七頁。
12《全集》，第二卷，第三三三頁。

事的背後卻隱藏著不放過惡棍的警覺。這樣一來，偵探看到了自我價值得以實現的廣闊領域。他發展出與大城市節奏相合拍的各種反應，他能抓住稍縱即逝的東西。這使他夢想著自己是一位藝術家。人人都讚歎速寫畫家的神筆，巴爾札克就說，這類的藝術作品依賴快速的捕捉[13]。

犯罪學上的睿智與愉快的遊手好閒者的冷漠相伴，這構成大仲馬《巴黎的莫希干人》（*Mohicans de Paris*）一書的主幹。主角決定跟隨他拋在風中的一片紙去尋求冒險。無論遊手好閒者循何路而行，結果總是被引導著走向犯罪。這表明偵探小說也在參與製造巴黎生活的幻覺，儘管它們有精明的打算。雖然偵探小說美化他們那些罪犯的對手，尤其是美化追捕罪犯的場所，但畢竟沒有美化罪犯本人。梅薩克（Messac）向我們證明這些作家的嘗試與庫柏（Cooper）的多麼相似[14]。庫柏給人的影響中最有意思的便是：永遠展現，從不掩飾。上面提到的《巴黎的莫希干人》一書連題目都體現了這一點。作者向讀者許諾，他將在巴黎為我們展開一幅熱帶森林和大草原的背景。該書的第三卷的封面是一幅人跡罕至、野草叢生的街道的木刻畫，畫的底端有一行字：「昂費爾大街的熱帶森林。」出版社在這卷書的發行中隨附了一張單頁，上面一段極精采的話概述了畫面與字面的關聯，從中我們可以看到作者熱情的表達：「巴黎——莫希干人……這兩個名字如同兩個巨大的神祕物轟然撞在一起。一道深淵將二者隔開，從這道深淵下面閃出一道電光，它來自大仲馬。」甚至更早些，費瓦爾（Féval）還提到了一個在大都市中歷險的北美印地安人。這個印地安人名叫托瓦。他在一次乘小馬車的旅行中，用巧妙的辦法將與他同路的四個白人的頭皮剝了下來，並且沒讓車夫發覺。《巴黎的祕密》最初在提及庫柏時肯定地說，該書中的巴黎下層人物「離文明之遙遠不亞於庫柏筆下刻畫精湛的野蠻人」。而巴爾札克更視庫柏為楷模，對他津津樂道，百談不厭。「在美洲的森林中，敵對的部落在途中遭遇，庫柏的詩充滿了這類恐怖的情景。這類使庫柏享有很高地位的詩，同樣被用於表現巴黎生活最細微的方面。行人、商店、出租馬車、倚在窗上的男人，所有這一切對佩拉德（Peyrade）的隨身保鏢都有強烈的魅力，就像庫柏小說中的樹根、貂穴、岩石、水牛皮、靜止不動的木舟和婆娑的樹葉那般牽動讀者。」巴爾札克的小說體裁豐富，從描寫印地安人到偵探小說，無所不包。早期有人反對他所描寫的「穿女性短夾克的莫希干人」和「穿男性禮服的于隆們

---

13 巴爾札克在他的《賽垃菲塔》（*Séraphita*）中說：「在連續疾速的一瞥中所領會的感覺可以把地球上最對立的景物安置在想像之中。」

14 梅薩克，《偵探小說與科學思想的影響》，巴黎，一九二九。

（Hurons）」[15]。另一方面，與波特萊爾相似，巴博（Hippolyte Babou）一八五七年回憶寫道：「當巴爾札克衝破禁閉、直抒胸臆的時候，人們在門外聽著……，簡而言之，他們的舉止一如我們老古板的英國鄰居所說的那樣：好像警察密探。」[16]

首次出現在法國的偵探小說是美國作家愛倫・坡作品的譯本，如《瑪麗・羅吉特的祕密》、《摩爾古街的凶手》和《被竊取的信》等。偵探小說的趣味在於它的邏輯結構，這一點犯罪小說就不一定需要。有了上面這些翻譯摹本，波特萊爾便採納了愛倫・坡的風格，他的作品也無疑吸收了愛倫・坡的作品。波特萊爾本人闡明了他與這種方法相一致這一事實，而且兩人的個人風格也吻合。愛倫・坡是現代文學中最偉大的技巧創新家之一。誠如瓦萊里（Valéry）指出的[17]，他是第一位嘗試科幻小說、現代宇宙起源學、病理學等方面寫作的作家。愛倫・坡把這種文體視為普遍有效的方法的直接產物，波特萊爾恰恰在這一點與他一致，他以愛倫・坡的精神寫道：「拒絕與科學和哲學結伴的文學只能走向謀殺和自殺，人們理解這一道理的日子已為期不遠了。」[18]偵探小說是愛倫・坡的技術成就中最重要的部分，也是滿足波特萊爾的假說的文學的一部分。偵探小說的分析構成了波特萊爾自己作品裡的分析的一部分，儘管他本人不寫這類小說。《惡之華》有作為其一分子（disjecta membra）的三個決定性因素：受害者及作案場面（如「被謀殺的女人」）、謀殺者

（如「凶手的酒」）和人群（如「黃昏」）。波特萊爾缺少的是允許理智突破濃厚感情氣氛的第四要素。波特萊爾沒有寫偵探小說是因為他的秉性使他無法與偵探打交道。對他來說，算計與結構的因素站在自我中心主義的一邊，並成為殘酷不可或缺的部分。波特萊爾對薩德（Marquis de Sade）太偏愛了，以至於使他無法與愛倫・坡競爭[19]。

偵探小說最初的社會內容是消滅大城市人群中的個人痕跡。在愛倫・坡的偵探小說卷數最多的《瑪麗・羅傑特的祕密》中，他極詳細地表現了這個創作動機。同時，這部小說最早把新聞體裁運用於破案。愛倫・坡小說中的偵探謝瓦利埃・杜邦不是靠自己的觀察，而是靠每天的新聞報導的內容來工作的。對這些報導作批判性的分析構成了小說中的傳聞。犯罪的時間必須由其他事情來加以確定。一家叫《商報》（*Le Commercial*）的報紙表示了這樣的觀點：被謀殺的女子瑪麗婭・羅傑特是

---

15 參見勒・勃勒東，《巴爾札克》，巴黎，一九〇五，第八三頁。
16 巴博，《尚弗勒里先生生活現狀的真諦》，巴黎，一八五七，第三六頁。
17 參見波特萊爾，《惡之華》，一九二八，瓦萊里作序。
18《全集》，第二卷，第四二四頁。
19「人們不得不返回去求諸薩德親釋解惡」（《全集》，第二卷，第六九四頁）。

剛離開她母親的住所便被人幹掉的。愛倫・坡寫道：「像這樣一位有名望的年輕女子，路經三個街區而無一人看見，這是不可能的。」這是一個長期居住巴黎的人——一名公務員——的看法。他的行動範圍基本上局限於某些辦公室附近……他時常在有限的地帶走來走去，這裡眾生芸芸，但這些人只是由於他在職業上與他們的關係才注意到他。然而瑪麗婭的行蹤一般來說被認為是漫無邊際的。在這一特殊情形下，她很可能走了條比平時更為多變的路線。我們所想像的那種《商報》所認為的平行，只會出現在兩個橫穿全城、毫不相干的人身上。在這種情形下，兩人不但要有同樣數量的熟人，而且遇到熟人的機會也要相等。我自己認為，瑪麗婭從她自己的住所去她姑媽的住所的路上，可能而且很可能遇到任何認識她的人。如果從完整、恰當的角度來審視這個問題，我們就必須牢牢記住，即便是巴黎最著名的人物，其私交與巴黎人口相比也是微不足道的。」如果不考慮引起愛倫・坡這些沉思的背景，偵探就不能勝任其工作。但問題卻不會失去效力，問題的變化形成了《惡之華》中一首最著名的詩篇的基礎，這是首題為〈給一位交臂而過的婦女〉的十四行詩：

大街在我們的周圍震耳欲聾地喧嚷。
一位瘦長、苗條、哀慟、高貴的

婦人走過，用她泰然自若的手
莊嚴地撩起她那飾著花邊的裙裳；

溫文而高尚，以一種雕像的姿態。
從她那孕育著風暴的灰色天空
一般的眼中，我像瘋狂者渾身顫動，
暢飲銷魂的溫柔和那迷人的歡樂。

電光一閃……隨後是黑夜！——你迅速的一瞥
突然使我如獲重生；消逝的麗人，
難道除了在來世，就不能再見到你？

去了！遠了！太遲了！也許永遠不可能！
因為今後的我們彼此都行蹤不明，
儘管你已經知道我曾經對你鍾情！[20]

20《全集》，卷一，第一〇六頁。

這首詩不是把人群當成罪犯的避難所來看，而是作為詩人捕捉不到的愛來表現的。可以說，這首詩探討的不是市民生活中人群的作用，而是人群在充滿情欲的人的生活中的作用。初看這個作用彷彿是消極的，其實不然。詩人不但沒有躲避人群中的幽靈，相反的，這個令他著迷的幽靈正是人群帶給他的。城市居民的歡樂儘管開始時不然，但最終是一種愛。「永不」標誌著相遇的高峰，這時，詩人的熱情彷彿遭到挫折，但事實上卻如火焰般從他的身上迸發出來。他彷彿在熊熊的烈火中燃燒，但卻沒有鳳凰從中飛出。第三段中描寫的再生場面揭示了事物的真諦，因此也解釋了前一段中的問題，使人痙攣地抽動的東西並不是人的激動，其中的一個意象是占有他的每一根神經；不如說它帶有一種震驚的性質，在承受這種震驚的時候，一種急切的欲望便突然間征服了一個孤獨的人。像一個精神失常的人（Comme un extravagant）這句話幾乎道出了這一點。詩人強調婦人身處哀慟中，這表明他並不想隱藏這一事實。實際上，在表現發生的事情的四行詩和美化它的三行詩之間存在著一道鴻溝。當蒂博代（Thibaudet）說這些詩「只能寫於大城市」[21]時，他沒能深入事物的深處。在這些詩中，人們覺察到愛被大城市所玷污，這一事實揭示了詩的內在形態[22]。

從路易—菲力普時代以來，資產階級就力圖彌補自己的大城市私生活沒有意義的本質。他們在四壁之內尋求這種補償。儘管資產階級不能令其世俗生命永垂千古，但他們卻將保存日用品的痕跡視為一種榮耀。他們愉快地記下對各類物品的印象，諸如拖鞋、懷錶、溫度計、蛋杯、餐刀、雨傘之類，他們都竭力庇護、裝箱。他們尤其喜歡那些能把所有觸摸的感覺都保存下來的天鵝絨和絲絨罩子。至於第二帝國末期的馬卡爾特風格是：一所住房就是一個箱子。這種風格把住房看成是裝人的容器，把人和他的一切所屬物深埋其中，就像大自然將死獸埋藏在花崗岩般地關照人的形跡。我們必須辨別出這個過程中的兩面，這樣保存下來的物品是其物質價值被強調，還是感情價值被強調。它們已脫離了非所有者世俗的眼光，尤其是它們的輪廓被一種特殊的方式弄得模糊不清。抗拒控制是自我中心主義者的第二天性，這一點返歸到有財產的資產階級者身上是毫不奇怪的。

在這樣的風氣下，看看在《官方雜誌》（*Journal officiel*）上連載的一篇文章的

21 蒂博代，《內在》，巴黎，一九二四，第二二二頁。

22 有關一個交臂而過的婦人的愛這一主題也見於格奧爾格早年的一首詩。詩人忽略了重要的事情：即那婦人穿過人潮，並在其中由人群推擠向前，結果不免是一首自我意識的輓歌。詩人的一瞥——他因而必須向他的女士坦白——已經「轉向別處，在他們還未能將你吞沒的時候／已被期待的淚水沾濕」（格奧爾格，《讚歌，朝聖，阿爾加巴》，柏林，一九二二，第二三頁）。波特萊爾則無疑看到了過往者眼睛的深處。

辯證說明還是可能的。早在一八三六年，巴爾札克就在《米農老爹》（*Modeste Mignon*）中寫道：「可憐的巴黎女人！為了你小小的浪漫，你可能希望保持沒沒無聞。可是公共場所的馬車往來都要註冊登記，寄信要清查郵戳，信寄到了又要重新清查蓋戳，住房提供要有牌號。整個國家的每一小塊土地很快都被註冊登記了。在這種生活方式下，法國女人怎麼能隨心所欲呢！」[23]法國大革命以來，一個廣泛的控制網絡將資產階級的生活更牢固地納入網中。大城市的住房編號被用來證明進步的標準化。拿破崙政府在一八〇五年使這一做法在法國強制化。在無產階級的區域內，這種簡單的強制措施無疑受到抵抗。直到一八六四年，才出現了有關木匠們居住的聖．安東尼區的報導：「如果有人向這個地區的居民詢問他的住址，他得到的回答總是住房者的名字，而不是冰冷的官方編號。」[24]當然，從長遠看來，這種抗拒是沒有意義的。人們在大城市的人群中不留痕跡地消失了，當局極力透過各式各樣的網絡挽救這種局面。波特萊爾認為，這種努力的侵害性簡直和犯罪一樣。他從債主那裡逃出來，便到咖啡館或文友那裡。有時，他同時有兩個住處，一旦租期到了，他就和朋友到另一處過夜。他就這樣在久已不是遊手好閒者之家的大城市中遊蕩。他睡過的每張床都成了一張冒風險的床（lit hasardeux）[25]。克雷佩（Crépet）查明在一八四二年到一八五八年之間，波特萊爾共有十四個住址。

技術手段在行政控制過程中幫了大忙。現代確定身分過程的標準源於貝蒂榮（Bertillon）的辦法，但在早期，對一個人的辨認是透過手跡來確定的，攝影的發明是這一過程的歷史轉折點，它對犯罪學的意義不亞於印刷術的發明對文學的意義。攝影第一次使長期無誤地保持人的痕跡成為可能。當這征服化名者的關鍵步驟完成後，偵探小說便應運而生。從那時起，對那些語言和行動中的罪犯的捕捉就沒有停止過。

愛倫．坡的著名小說〈人群中的人〉彷彿是偵探小說的X光片。在他的小說中，罪犯身上的披風不見了，只剩下盔甲：追捕者、人群和一個總是步行在倫敦人群中的不知身分的人。這個身分不明的人便是遊手好閒者。「波特萊爾就是這樣解釋他的。他在一篇關於吉斯的文章中把遊手好閒者稱為 'l'homme des foules（人群中的人）。但愛倫．坡對這個人物的描寫卻沒有波特萊爾給予他的默許。在愛倫．坡看來，遊手好閒者獨自一人的時候就感到不自在，所以他要到人群中去。他隱藏在人群中的原因可能是不言而喻的。愛倫．坡有意混淆離群索居的人與遊手好閒者

23 巴爾札克，《米農老爹》，巴黎，一八五〇，第九九頁。
24 恩格倫德爾，《法國失業者協會史》，漢堡，一八六三，卷四，第一二六頁。
25《全集》，第一卷，第一一五頁。

之間的區別。一個人愈是難找，他就愈可疑。敘述者不再往下跟蹤、追捕，而是靜靜地總結他的洞察：「這個老傢伙……就是那類罪惡深重的天才。他拒絕孤獨。他是人群中的人。」

作者並不要求讀者單單對這個人物感興趣，他對人群的描寫從真實性和藝術性來看都至少同樣吸引人。人群在這兩方面都很突出。打動一個人的第一件事是敘述者以全神貫注的心思注意群眾的觀點。在這以後，霍夫曼（E. T. A. Hoffmann）在他的著名小說〈街角窗裡的表弟〉裡有同樣的情景描寫。但這位被限制在室內的人帶著極大的局限性觀看人群，而那位透過咖啡館窗戶向外凝視的人卻有雙犀利的眼睛。這兩處觀察點的不同正是倫敦和柏林的不同。一方面是悠閒的人。他坐在自己的角落裡就像坐在戲院的包廂裡；當他想更仔細地看看市場時，他手邊有觀劇用的小型望遠鏡。另一方面是隱姓埋名的消費者。他步入酒吧，但由於外面的人群像磁鐵一樣吸引著他，他很快就離開了酒吧，並加入到人群之中。一邊是多樣性的風俗畫，整體構成了一本彩色雕刻畫集；另一邊是能喚起偉大雕刻家靈感的景象——一個龐大的人群，其中每個人在他人眼中既非明顯可見，也非暗不可察。德國小資產階級的局限十分狹窄，但霍夫曼在本質上卻與愛倫．坡和波特萊爾屬於一類。在他最後一部原版作品的小傳裡我們讀到：「霍夫曼從未特別喜歡過自然，他重視的是人——與他們交談，觀察他們，僅僅瞧著他們——這比一切都重要。如果他夏天出去散步——好天氣的傍晚他總要散散步的——經過酒店、糖果店，他總要停下來看看裡面是否有人，是什麼人在那裡。」[26]狄更斯在外出旅遊時，常常抱怨沒有熱鬧的街道，這對他的創作是必不可少的。「我無法表達我是多麼需要它們（街道）」。一八四六年他在洛桑這樣寫道，當時他正在寫《董貝父子》（*Dombey and Son*），「它們好像為我的大腦提供了緊張工作時不可缺少的東西，這樣，我可以一兩週內在一個僻靜的地方大量地寫作……然後在倫敦待上一天，又可以重新這般工作。但如果沒有那盞神燈，日復一日地寫作將是莫大的勞苦。……我筆下的人物若是沒有人群在他們周圍，往往會顯得缺乏生機。」[27]在波特萊爾所非難、憎惡的許多布魯塞爾的事物中，有一件使他氣憤：「沒有櫥窗！散步是富於想像的民族所喜愛的東西，這在布魯塞爾是不可能的。這裡的街道空空蕩蕩，毫無用處。」[28]波特萊爾喜歡孤獨，但他喜歡的是稠人廣座中的孤獨。

在小說中，愛倫．坡讓孤獨變得模糊隱晦。他在煤氣燈的光照下流連於城市。

---

26 霍夫曼，《文集》，十五卷，斯圖加特，一八二九，第三二頁及其下。

27 梅林，〈狄更斯〉，載《新時代》，三十卷（一九一一—一二）。

28 《全集》，第二卷，第七一〇頁。

遊手好閒者幽靈似的身影集結在像室內一樣的街道，街道的出現很難與煤氣燈分開。第一盞煤氣燈在拱廊街上燃燒，企圖露天使用煤氣燈開始於波特萊爾的童年時期，枝狀燭台被安裝在旺多姆廣場。到拿破崙三世的時候，巴黎的煤氣燈迅速增加[29]，這使城市中的安全性增加了，人們即便夜間在空闊的大街上行走也感到輕鬆自在。而且煤氣燈比高樓大廈更確實地掩蔽了包圍大城市的星空。「我替太陽拉上了帷幕，使它徹底上床安寢；今後除了煤氣燈，我就再見不到光亮了。」[30]至於月亮、星星就不值得再提了。

在第二帝國鼎盛時期，主幹大街的商店直到夜裡十點鐘才關門。那是夜遊症泛濫的偉大時代。在德爾沃的《巴黎人的時間》（*Heures parisiennes*）一書中，他用了一章來寫凌晨兩點鐘的情形。他寫道：「人們可以隨時休息，他們有專供他們停留和休息的場所，但在那裡睡覺是不允許的。」[31]在日內瓦湖畔，狄更斯懷舊地回想起熱那亞，那兒有兩英哩長的街道路燈的光亮，讓他能在夜裡四處漫步。之後，拱廊街的消失使遊蕩不再時興，煤氣燈也被認為過時。對於在科爾貝爾拱廊街遊蕩的最後一個遊手好閒者來說，煤氣燈忽明忽暗的閃爍只是表明了它的恐懼，因為到月底就不再支付它的費用了。」[32]史蒂文森在控訴煤氣燈的消失時就是這樣寫的。他特別仔細思考司燈人在大街從頭到尾、一盞接一盞點燃煤氣燈的節奏，最初這種節奏與單調的黃昏形成對照，然而現在則是與整個城市突然被霓紅燈照亮的情景這可怕的衝擊相對照。「這種光亮只應照在謀殺和公開犯罪案，或者是在瘋人院的走廊裡，它的恐怖加強了恐怖。」[33]有些跡象表明，史蒂文森對煤氣燈所持有的如此田園詩般的觀點只是後來的事，正是史蒂文森為煤氣燈寫了訃聞。前面提到的愛倫·坡的小說是個很貼切的例子，他對光的怪誕描寫是獨一無二的：「煤氣燈的光線在與快要消失的白晝的搏鬥中，最初是蒼白柔弱的，如今在範圍上終於占有優勢，把周圍的一切都投上恰到好處、光彩耀人的光芒。一切都是昏暗的，但卻輝煌璀燦——像是被用來比喻德爾圖良風格的烏檀木。」[34]愛倫·坡還在其他地方寫道：

---

29 波埃特等編，《第二帝國統治下巴黎的改變》，巴黎，一九一〇，第六五頁。

30 勒梅爾，《裝煤氣的巴黎》，巴黎，一八六一，第一〇頁。在波特萊爾詩中也有相同的意象：「天空慢慢合上，像巨大的臥房。」（〈黃昏〉）

31 德爾沃，《巴黎的年輕時代》，巴黎，一八六六，第二〇六頁。

32 維伊奧，《巴黎的氣味》，巴黎，一九一四，第一八二頁。

33 史蒂文森，《作品集》，二十五卷，倫敦，一九二四，第一三二頁。

34 在〈一個兩天〉一詩中有一段與之相應。雖然該詩以另一個名字署名，但被公認是波特萊爾的作品。它最後一段與愛倫·坡的德爾圖良的議論之間的類似非常重要，因為這首詩寫於一八四三年，那時波特萊爾還不知道愛倫·坡。

「在房屋內，煤氣燈是絕對不被允許的，因為跳動的、強烈的光線會刺激眼睛。」

倫敦的人群就像它鑽動在其中的燈光一樣幽暗和混亂。不僅夜裡從「他們的窩裡」爬出來的底層市民如此，地位較高的雇員是這樣被愛倫．坡描寫的：「他們的腦袋都微禿，長期夾鋼筆的右耳有種與直立敬而遠之的古怪習慣。我發現他們總是用雙手脫帽戴帽。他們揣著懷錶，金質的錶鏈很短，但樣式莊重古老。」在這段描寫中，愛倫．坡意不在直接觀察。小資產階級作為大眾的一部分所避免不了的千篇一律的狀態在這裡被誇張了；他們的外表差不多是一個模子拓下來的。更令人驚奇的是對人群行動的描寫。「絕大多數行人有滿足的、公務在身的表情，而且好像只想著走出擁擠的人群。他們皺著眉頭，眼睛飛快地轉動著；在被其他行人衝撞時，他們從不表現任何不耐煩，而是整理一下衣服，繼續匆匆向前。還有另一類為數不多的人，他們的行動煩躁不安，臉色紅脹，口中念念有詞，並向自己做各種手勢，彷彿因為周圍的人太擁擠而感到孤獨。當這些人受阻不能前進，他們便突然停止嘀咕，但手勢倒增多了一倍，嘴上掛著莫名其妙、不合時宜的微笑，等著阻礙他們向前走的人的路線。如果遭推擠，他們便向推擠的人拚命鞠躬致意，給人一種慌亂得不知所措的印象。」人們也許認為愛倫．坡說的是半醒半醉的可憐人，可實際上，他們是「貴族、商人、律師、經紀人和金融界人士」。這裡所包含的除了這些階層的心理性質之外，還有其他的東西[35]。

塞尼費爾德（Senefelder）有部代表賭場的作品，畫面上所描繪的人物無一按慣常的方式來賭博，每個人都受各自感情的支配：第一種是縱情歡樂；第二種是猜疑賭伴；第三種是麻木的絕望；第四種是表現好戰；最後一種是準備和人世告別。這部作品的鋪張使人想起愛倫．坡。當然，愛倫．坡的主題更大，他的表現手法也保留在此。他在這類描寫中巧妙地下筆，他不像塞尼費爾德那樣透過各種行為來顯現人們在個人利益中無望的孤獨，而是從人們衣著和行為荒唐的雷同中加以表現。那些人被人推擠還要不斷向人道歉的奴性，表明了愛倫．坡所運用的表現手法的來源，這些手法來自於滑稽劇，愛倫．坡對這種手法的運用方式與滑稽劇的丑角相同。在丑角演員的表現中，存在著經濟形勢的明顯參考。他運用生硬突兀的動作模仿推動物質生產的機器，也模仿推動商品生產的經濟繁榮。愛倫．坡描寫的人群的

35 馬克思眼裡的美國形象與愛倫．坡的描寫非常接近。他強調一種「物質生產的狂熱和充滿青春活力的節奏」。他批評這種節奏，因為事實上，在那裡「既沒有時間、也沒有機會廢除舊的精神世界」（馬克思，《路易．波拿巴的霧月十八日》，作品已註，第三〇頁）。在愛倫．坡看來，甚至生意人的相貌都帶著一種惡魔般的東西。波特萊爾曾描繪在空中被喚醒的「邪惡的魔鬼們」如何像黑暗般降臨，「像實業家一樣睜開睡眼」。〈黃昏〉中的這幾句或許是被愛倫．坡的作品激發靈感的。

片段產生一種與經濟形態相應的「狂熱的物質生產節奏」，它們是類似的仿造物。遊樂場把小人物變成了小丑，它後來用船、電動小車和其他類似的娛樂所得的效果是愛倫．坡的小說描寫所預期的。他小說中的人物彷彿只能透過反射動作表達自己，除此再沒有別的方式。對人群行進的描寫看起來更無人性，因為愛倫．坡只講人。如果人群阻塞，那不是因為車輛的阻礙，而是被另一群人堵住。在這種性質的群體中，漫步的藝術是絕對不可能興旺的。

在波特萊爾的巴黎，情況還沒有到這種地步。在日後拱橋跨過塞納河的某些地方，當時仍有渡船往來。波特萊爾去世那年，企業家仍能享受富人的舒適，因為城市裡有五百輛環城繞行的馬車。拱廊街能使遊手好閒者不致暴露在那些全然不把行人放在眼裡的四輪馬車的視野中，車內的人也不會把過路行人當成對手。因此，人們對拱廊街的喜愛依舊不衰，其中有擠進人群中的行人，也有要求活動空間、不願放棄雅士們悠閒之樂的遊手好閒者。他那逍遙放浪的個性是他對把人分成各種專業的勞動分工的抗議，這也是他對勤勞苦幹的抗議。一八四〇年前後，帶著烏龜散步是頗時髦的。遊手好閒者樂於讓烏龜為自己定邁步的速度。如果他們真能為所欲為，那麼發展的速度就不得不調整到這個速度。但這種態度沒有風行；倒是宣揚「打倒懶漢」口號的泰勒（Taylor）在當時走紅[36]。有些人在時間還充裕的時候寧願等待進步的到來。一八八七年拉提耶（Rattier）在他的理想國《巴黎不復存在》（*Paris n'existe plus*）中寫道：「遊手好閒者，這些我們以往常常在路邊和商店櫥窗前遇到的人，這類似在非在、飄蕩閒遊、毫無意義的人，這類總是尋求低廉的激情而除了鵝卵石、馬車、煤氣燈外一無所知的人……現在變成了農夫、酒商、亞麻布製造商、製糖者、鋼鐵大王。」[37]

人群中的遊手好閒者漫遊到很晚的時候，便停步在某個仍有很多顧客的百貨商店前。他像熟門熟路的人那樣轉來轉去。在愛倫．坡的時代有多層樓的百貨公司嗎？這無關宏旨；愛倫．坡讓這位心神不安的人在市場消磨一個半鐘頭左右。「他走進一間又一間商店，不問貨價，也不說話，只是用茫然、野性的眼神凝視看著一切東西。」如果拱廊街是室內的古典形式——遊手好閒者眼中的街道就是這樣的——那麼百貨公司便是室內的衰敗形式。市場是遊手好閒者最後一個聚集處。如果街道一開始就是他的室內，那麼現在室內就變成了街道。現在他在商品的迷宮裡漫遊穿行，就像他從前在城市這個迷宮裡一樣。愛倫．坡的小說既有對遊手好閒者

36 參見弗里德曼，《進步的危機》，巴黎，一九三六，第七六頁。

37 拉提耶，《巴黎不復存在》，一九三六，第七六頁。

最早的描寫，更有對他結局的定論，這是極精采的一筆。

拉弗格（Jules Laforgue）在談到波特萊爾時說，他是第一個把巴黎說成「人們像受懲罰一樣在這個城市裡一天天地受罪[38]。然而，他還應該說，波特萊爾是第一位講到麻醉藥是給受到如此懲罰的人，而且只給這些人慰藉。人群不僅是這些逍遙法外者最新的避難所，也是那些被遺棄者最新的麻醉藥。遊手好閒者便是一些被波特萊爾遺棄在人群裡的人，在這一方面，他與商品的處境有相同之處，他沒有意識到他的特殊處境，但這並不能減輕這種處境在他身上的作用。這種處境如同能補償很多侮辱的麻醉藥，幸福地滲透了他的全身。遊手好閒者所屈服的這種陶醉，也就是如顧客潮水般湧向商品的陶醉。

假如馬克思偶然在玩笑中提到的商品的靈魂存在的話[39]，那它就成了靈魂世界中所能碰到的最大的移情例證，因為它在每個人身上都必須看到它想依偎在其手中和室內的買主。移情就是遊手好閒者躋身於人群之中所尋求的陶醉的本質。「詩人享受著既保持個性又充當他認為最合適的另外一個人的特權。他像借屍還魂般隨時進入另一個角色。對他個人來說，一切都是開放的；如果某些地方對他關閉，那是因為在他看來，那些地方是不值得審視的。」[40]在這裡，商品本身就是說話的人。是的，最後的話使人明確地知道，商品對一個經過陳列著精美昂貴物品的櫥窗的窮漢低語了些什麼。這些物品並不對這個人感興趣，也不向他移植感情。含意深刻的散文詩〈人群〉（Les Foules）的字裡行間委婉地提到了戀物癖。波特萊爾敏感的天性與此產生了強烈的共鳴；對無生命物體的移情是他靈感的源泉之一[41]。

---

38 拉弗格，《遺著匯編》，巴黎，一九〇三，第一一一頁。

39 參見馬克思，《資本論》，一九三二，德文版，第九五頁。

40 《全集》，第二卷，第四二〇頁及其下。

41 第二首〈憂鬱〉是對這一點的最好補充。在波特萊爾之前幾乎沒有一個詩人寫出像「我是間舊日的閨房，充滿凋謝的玫瑰」這樣的詩句來。這首詩完全建立在移情作用上，有著雙重意義上死亡了的物質。它是沒有生命的物質，是在循環過程中被排除的物質。

活的物質啊，今後，你不過是一塊
在多霧的撒哈拉沙漠深處沉睡，
被茫茫的死怖所包圍的花崗石！
不過是個不見知於冷淡的人世、
古老的人面獅，在地圖上被遺忘、
野性難馴，只會對夕陽之光歌唱。（錢春綺譯）

這首詩以斯芬克斯（Sphinx）的意象來結尾，而它不正具有拱廊街上滯留的、賣不出去的商品那種朦朧黯淡的美？

波特萊爾是個麻醉品的行家，但這種藥物最重要的一種社會效用他可能沒有抓住，這種社會效用就是嗜藥成性的人在麻醉品的影響下所表現出的魅力。商品在潮水般圍繞在它們周圍並使他們陶醉的人群那裡獲得了同樣的效果。顧客的集中形成市場，市場又使商品變成一般的商品，這就使商品對一般顧客的魅力大增。當波特萊爾談到「大城市中宗教般的陶醉狀態」[42]時，商品可能就是這種狀態中莫可名狀的主體。「靈魂的神聖賣淫」與那種人們稱之為愛的「渺小、狹窄、軟弱的愛」[43]相比，的確只能是商品靈魂的賣淫——如果與愛對照下還有意義可言的話。波特萊爾指的是「徹底奉獻的靈魂賣淫，向不期而遇的人、素不相識的行人完全付出詩意與慈悲。」[44]而妓女為自己爭取到的愛正是這種詩意與慈悲。她們弄清了露天市場的祕密；在這一方面，商品對她們沒有什麼好處。一些商品的魅力是以市場為基礎的，這些魅力變成了許多強權的手段。波特萊爾在他的〈黃昏的微光〉一詩中是這樣表示：

透過被風搖動的路燈微光，
賣淫的各條街巷裡大顯身手；
像墳塚一樣向四面打開出口，

它像企圖偷襲的敵人的隊伍，
在四處都要闢出一條隱蔽的道路。[45]

只有大眾才允許賣淫在城市中大部分區域裡散布，而且只有大眾才可能使性對象由於自己製造的種種刺激而令人陶醉。並非所有的人都認為大城市街道中的人群景象令人陶醉。遠在波特萊爾寫出散文詩〈人群〉之前，恩格斯就已著手描寫倫敦大街人群的擁擠情形：「像倫敦這樣的城市，就是逛上幾個鐘頭也看不到它的盡頭，而且也遇不到通往伸手可及的開闊田野的些許徵象——這樣的城市是非常特別的。這種大規模的集中，二百五十萬人口如此聚集在一個地方，使這二百五十萬人的力量增加了一百倍……但是，為這一切付出了多大的代價，這只有在以後才看得清楚。只有在大街上擠上幾天，費力地穿過人群，穿過沒有盡頭、絡繹不絕的車輛，只有到過這個世界的貧民窟，才會開始覺察到，倫敦人為了創造充滿他們城市的一切文

42《全集》，第二卷，第六二七頁。
43《全集》，第一卷，第四二二頁。
44《全集》，第一卷，第四二二頁。
45《全集》，第一卷，第一〇八頁（中譯據錢春綺譯本）。

明奇蹟，不得不犧牲他們的人類本性的優良特點……這種街頭的擁擠中已經包含著某種醜惡的、違反人性的東西。難道這些群集在街頭、代表各階級和各等級的成千上萬的人，不都具有同樣的特質和能力，同樣是渴求幸福的人嗎？……可是他們從彼此身旁匆匆走過，好像他們之間沒有任何共同的地方，好像他們彼此毫不相干，只在一點上建立了一種默契，就是行人必須在人行道上靠右邊行走，以免阻礙迎面走來的人；沒有人會以眼光向別人致敬。愈多這種人聚集在一個小小的空間裡，每個人在追逐私人利益時的這種可怕的冷漠，這種不近人情的孤僻就愈使人難堪，愈是可怕。」[46]

似乎只有遊手好閒者才想用借來的、虛構的、陌生人的孤獨來填滿那種「每個人在自己的私利中無動於衷的孤獨」給他造成的空虛。與恩格斯清楚的描寫相比，波特萊爾所寫的聽起來就朦朧含糊了：「在人群中的快感是數量倍增的愉悅的奇妙表現。」[47]但是如果我們想像，這句話不僅是從一個人的角度，而且還是從商品的角度說出來的，它就變得清清楚楚了。可以肯定的是，只要一個人和勞動力還是商品，他就沒有必要確定自己的這種狀況。他愈意識到自己的生活方式，那種生產制度強加給他的生活方式，他就愈使自己無產階級化，愈被冰冷的商品經濟所攫住，愈不會想移情到商品身上。但對與波特萊爾所屬的小資產階級而言，情況還沒有到這一地步。在我們現在所探討的規模上，這個階級只是剛剛開始走下坡路。他們中的許多人有朝一日不可避免地會意識到他們的勞動力的商品性質，但這一天還沒有到；可以這麼說，只有到了那天，他們才算真正經歷了他們的時代。他們分沾的頂多是享樂，永遠也不會是權力，這一事實使歷史賦予他們的這個時期只是一段過場。任何出去消磨時光的人都尋求快樂。然而事實卻證明，這個階級在這個社會裡對享樂的要求愈高，這種享樂就愈有限。如果這個階級覺得這個社會的享樂是可能的，那麼，他們的享受就不會那樣受到局限。如果它想獲得這種享樂的高超技藝，它就不能摒棄商品的移情。它必須享受這種帶有一切快樂和不自在的確認，它源自一個階級對自己命運的預感。最後，它必須以即便是在破損和腐爛的物質中也能感到魅力的敏感走近這個命運。波特萊爾在一首獻給一位名妓的詩中，把她的心稱為「像破了皮的桃子，為了愛的知識，成熟如她的軀體」，詩人在這裡便具有這種敏感。對於像他這樣已經半退出社會的人來說，能夠享受社會的樂趣，是與這種敏感分不開的。

---

46 恩格斯，《英國工人階級現狀》，萊比錫，一八四八年版，第三六頁以下（中文見《馬恩全集》，中文版，第七卷，第五六一頁）。

47《全集》，第二卷，第六二六頁。

他以享有這種樂趣的人的態度使得人群的景象在他身上發揮作用，這種景象最深刻的魅力在於，他陶醉其中的同時並沒有對可怕的社會現象視而不見。他仍保持清醒，儘管這種清醒中醉眼朦朧的人們還「仍然」保持對現實的意識。這就是為什麼在波特萊爾那裡，大城市幾乎永遠不能在將它直接呈現出來的居民那裡得到表達。雪萊透過描寫倫敦人來捕捉倫敦時的直率和嚴厲，對波特萊爾的巴黎無甚裨益：

地獄是個很像倫敦的城市，
人口眾多、煙霧瀰漫的城市；
這裡有各種各樣被毀掉的人，
卻極少或者沒有快活的事情，
公正不多，而憐憫更是少見。*[48]

對於遊手好閒者，這個畫面罩著一層薄紗，這層薄紗就是人群在古老都市的起伏中隨波逐流[49]。因此，恐懼在這裡具有魔力般的效果[50]，只有當這層薄紗被撕破，遊手好閒者面前出現「一個眾生芸芸的廣場，在街戰時變得空空蕩蕩」[51]的時候，他們才能看到整個城市不被遮掩的圖景。

如果要證明在人群中的經驗觸動波特萊爾的力量，不妨舉出這樣一個例子，亦即他在這種經驗方面曾與雨果展開競爭。如果說雨果擁有力量，其力量就在於這種經驗，這對波特萊爾來說是不言而喻的。他讚賞雨果身上的一種「置疑的詩意性格」（caractère poétique……interrogatif）[52]，並說雨果不僅知道如何尖銳、清晰地再現明確的事物，而且還能以必要的含糊再現朦朧黯淡的事物。在獻給雨果的〈巴黎風光〉（Tableux parisiens）三首詩中的一首就以呼喚擁擠的城市為開端：「擁擠的城市，充滿夢幻的城市。」[53]在城市「擁擠的場面」[54]中的老婦人的身後，又跟隨著一個人，擠進了人群[55]。人群是抒情詩的一個新主題。作為一名創新者，聖—伯

48 雪萊，〈彼得鐘，第三部〉，《詩全集》，倫敦，一九三二，第三四六頁。
49《全集》，第一卷，第一〇二頁。
50 參見《全集》，第一卷，第一〇二頁。
51《全集》，第二卷，第一九三頁。
52《全集》，第二卷，第五二二頁。
53《全集》，第一卷，第一〇〇頁。
54《全集》，第一卷，第一〇三頁。
55 組詩「小老頭」（Les Petites vieilles）逐字逐句追隨雨果的組詩「幽靈」（Fantômes），強調競爭。因而波特萊爾最完美的一首詩與雨果最差勁的一首詩有一種一致性。

夫具欣賞力地、以詩人的口吻恰當地說，「人群是無法忍受的。」[56]在流放澤西期間，雨果為詩開闢了這個主題。他在海邊散步時，這個主題在他心中成形。他的靈感來自事物巨大的反差。在雨果那裡，人群是作為沉思的對象進入文學的。洶湧的大海是人群的模本。沉思於這種永恆的景象的思想家是人群真正的探索者。他像墜入大海的怒濤中一樣失落在人群中。「在孤伶伶的懸崖上，流放者眺望遠方那些偉大而宿命的國度。他居高臨下地望著那裡人民的過去……他將自己和自己的命運融合在深廣的往事之中。那些歷史事件在他心中死灰復燃，並與自然力的生命——大海、礁石、浮雲和其他崇高的事物融為一體，它們是與大自然息息相通的孤獨、寧靜的生活的一部分。」[57]「大海已經厭倦了他」（L'océan même s'est ennuyé de Lui），波特萊爾在提到佇立在懸崖上沉思的雨果時挖苦地說。波特萊爾不喜歡隨著自然景觀亦步亦趨。他對人群的體驗帶有「痛心和無數的自然震驚」的痕跡，這些是行路人在大城市的擁擠和喧囂中所經受的，這也使他的自我意識更加警覺。（他對於遊蕩的「商品」本質上就保有這種自我意識。）對於波特萊爾來說，人群從來不是能將他的思想重錘鍛入世界深處的刺激物。而雨果卻寫道：「深處是人群」[58]，因此它給他的思想提供了活動餘地。自然—超自然的東西在森林、動物王國和洶湧澎湃的大海中呈現自己，它們以群體的形式對雨果產生了影響。在那些地方，大城市的面貌都可以在一瞬間閃現出來。〈沉思的愛好〉（La Pente de la rêverie）一詩為我們提供了一個關於人群與有生命的東西混雜交合的精采想法。

在那醜陋駭人的夢中，
雙雙到來的夜晚與人群都愈見濃密；
沒有目光能測出它的疆域，
黑暗正隨著人群的增多而愈來愈深。[59]

又如：

莫名的人流！嘈雜！那些聲音、眼睛、腳步，
誰也看不見誰，誰也不認識誰；

56 聖—伯夫，《安慰》，巴黎，一八六三，第一二五頁。
57 霍夫曼施塔爾，《雨果的嘗試》，慕尼黑，一九二五，第四九頁。
58 引自布努爾，〈雨果的深淵〉，見《尺度》，一九三六年七月十五日，第三九頁。
59 雨果，《全集》，詩卷二，巴黎，一八八〇，第三六五頁及其下。

一切都在躁動！城市在我們耳畔嗡鳴，
喧鬧蓋過美洲的森林和蜂窩。[60]

大自然藉人群對城市行使了它的基本權利。但如此使用權利的不僅僅是自然。在《悲慘世界》中有令人吃驚的場面，森林中的情形以人的群體生存的基本方式出現。「在這條街上發生的事情，不會令森林吃驚。樹幹、灌木、花草、緊緊盤曲纏繞的枝條藤荊及高高的野草過著一種無以名狀的生活，看不見的東西掠過繁雜的巨大之物。在人類之下的東西透過霧靄感知在人類之上的東西。」[61]這段描寫包含了雨果對人群特有的體驗。在人群中，在人之下的東西與在人之上、擁有支配力的東西發生接觸。這種混雜把其他一切都包容其中。在雨果那裡，人群以一個由沒有形狀的、從低於人類的生物中創造出來的超人力量的雜種形象出現。雨果的人群概念所包含的幻想曲調中，社會現實的份量要比它在政治上對人群提出的「現實主義」議論重得多，因為人群實在是種自然景觀——如果可以把這個術語應用到社會狀況中的話。一條街道，一場大火，一起車禍把沒有按階級路線劃分的人們聚集在一起。他們以具體的實體形象出現，但在社會的意義上，也就是說，在他們孤立的自我利益上，他們依然是抽象的。商店的顧客便是他們的模式。這些人各懷著自己的利益聚集在市場，環繞著他們的「共同目標」。在很多情況下，這樣的人群只是一種數字的存在，這種存在隱藏著人們身邊的一個實際的怪物：偶然由於私利而集中起來的自私的人。如果這種集中變得顯而易見——集權國家對此負有責任，它們為了自己的目的而把其依附者永久性地、強制性地集中起來——這種集中的混雜特性就清楚地表現出來了，對那些捲入其中的人來說尤其如此。人們用這種方式使他們聚集一起的市場經濟的偶然性合理化，就像把「各類」人聚集到一起的「命運」一樣。這樣一來，人們便讓群眾的本能和反射行為不受箝制了。在西歐社會舞台占有重有位置的人熟知雨果在人群中所面臨的那種超自然的東西。當然，雨果是不能評定這種力量的歷史意義的。然而，人群以怪異的扭曲和唯心論的格式在他的作品中留下了印記。

我們知道，精神世界對雨果的生活和在澤西的創作有同樣深刻的意義。他與精神世界的接觸，儘管看起來有些奇怪，主要是與人群的接觸，而這在詩人的流放期間自然是錯失的。人群就是精神世界的存在方式。因而雨果最初自視為才華洋溢的

60 同上書，第二六二頁。

61 雨果，《悲慘世界》，第八卷，巴黎，一八八一。

天才中的一員。在他的《威廉·莎士比亞》一書中，他一頁又一頁狂熱地數點著眾多的大文豪，從摩西開始，到雨果本人結束。但這些人只是大批作古的文人中的一小部分。對雨果地獄之神式的頭腦來說，羅馬人的死不是個空洞的片語。

逝者的亡靈在最後一次降神會中姍姍來遲，就像夜的信使。雨果的澤西筆記保存了它們的思想：「每個偉人都從事兩項工程，一項是作為充滿生氣的人的創作，另一項是他的精神工程。一個充滿生氣的人致力於第一項工程，但是在夜的深沉靜謐中，靈魂的創造者——噢，可怕！——在他身上醒來。什麼?!——那個人叫喊道——這不全完了嗎？不，不。靈魂答道：起來。風暴在怒吼，犬狐在吠嚎，四周一片漆黑，本性在上帝的鞭子下戰慄、畏縮……靈魂創造者看到了幻覺的意念。詞句毛髮豎立，句子在發抖……玻璃窗上濃霜重染，昏暗沉悶。燈光被恐怖攫住……小心，活著的人，一個世紀中的人，你這來自人的世界的奴僕，這就是墳墓，這就是永恆，這就是幻覺的意念。」[62]雨果在這裡保留的體驗無形力量時的廣大無邊的戰慄，與在《憂鬱》中征服波特萊爾的那種毫不掩飾的恐怖，兩者沒有任何相同之處。波特萊爾對雨果的企圖很少努力理解。他說，「真正的文明並不在於會議的靈動術。」但雨果對文明毫不關心。他在精神世界中感到自由自在。可以這麼說，那是對以恐怖作為其內在部分之一的家族的和諧互補物。雨果對靈魂的諳熟大大地削弱了它的恐怖感，這未免有些小題大作，道出了靈魂的俗性。就像夜出的鬼魂的飾物一樣，是毫無意義的抽象物，或多或少可以在時代的紀念碑上找到靈敏的化身。在雨果的澤西筆記中，除了混亂的聲音外，還可以隨意聽到有關「戲劇」、「詩歌」、「文學」、「思想」之類的言論。

對雨果來說，精神世界的芸芸眾生——這可能更接近謎底了——主要是大眾。他的作品吸收了不少閒談的話題，這與他習慣在他人面前閒談同樣令人不可思議。他在流放期間所得到的來自遠方的慷慨熱情的讚美，使他預先嘗到了晚年在家中等待他的無盡的榮耀。在他七十大壽之日，首都的人群湧向他在戴羅大街的住所，這不僅意味著精神世界的音信的實現，還意味著洶湧撞擊懸崖的浪潮這個意象的實現。

總之，大眾那種無法滲透的模糊的生存是雨果革命玄想的源泉。在《懲罰集》中，解放的日子被概括為：

這一天我們無數的掠奪者、無數的暴君

---

62 S G·西蒙，《在雨果家，澤西島的日子》，巴黎，一九二三，第三〇六頁及其下。

將會懂得人在黑暗深處的翻騰。[63]

能否有一個以人群為基礎，與有關被壓迫的大眾這一觀點相一致的可靠的革命評價？無論其來源為何，這個觀點不正是這個評價的局限性相當分明的證明嗎？在一八四八年的內閣辯論中，雨果猛烈抨擊了卡芬雅克（Cavaignac）對六月起義的野蠻鎮壓。可是在六月二十日討論「國家工廠」（ateliers nationaux）*時，他卻說：「統治階級有無所事事的人，民眾階層有遊手好閒的人。」[64]雨果反應了當時人們對未來的盲目信仰以及當時膚淺的觀點。他也深刻地洞察到孕育在自然和人的母體中的新生命。雨果從未能成功地在這二者之間架設一座橋樑，他認為這種橋樑沒有必要。這解釋了他的作品非常巧妙的虛飾和知識領域，也說明了他的畢生力作對他同時代人的巨大影響的原因。在《悲慘世界》題為〈行話〉（L'argot）的一章中，他的個性中相衝突的兩個方面極其殘酷地相遇了。詩人在大膽地審視了下層社會的語言上的創作法後以文字下結論：「從一七八九年以後，一切都在純化了的個體中舒展開來。每個窮人都有自己的權利，因此也就有了落在他身上的光明。一個可憐無用的人在他的內心深處揣著法蘭西的榮耀，公民的尊嚴是他內在的支柱。任何自由的人都是盡責的，每個知道選舉規則的人也都是盡責的。」[65]雨果以文學和政治生涯賦予他的成功經驗來看待事物。他是第一位以複數名詞作題目的偉大作家：《悲慘世界》（*Les Misérables*，直譯為《悲慘的人們》），《海上勞工》（*Les Travailleurs de la mer*）。對於他來說，大眾幾乎是舊時代意義上的顧客——這便是他的大批讀者和支持者。總之，雨果不是遊手好閒者。

在跟隨雨果的大眾和雨果所跟隨的大眾中都沒有波特萊爾，但這個大眾對波特萊爾來說的確是存在的。是大眾使他每天都要測量他的失敗的深度，也許這是他尋求這種景象的重要原因。雨果的聲譽可以說強烈地刺激了他那不可救藥的傲氣。但雨果的政治教條，作為公民（citoyen）的教條，可能更強烈地刺激了波特萊爾。大城市中的群眾並不使他困窘，他在它們之中辨出了人群，他願與他們血肉同軀。他在他們頭頂搖動的旗幟上寫著「還政於民」、「民主」和進步的口號，這些口號美化了大眾的生存。它遮掩了隔離個體與群體的門檻，而波特萊爾卻保護著這道門檻。這一點使他與雨果有所區別。然而，他們二人還是相像的，這是因為波特萊爾

---

63 雨果，同上書，《詩集卷五：懲罰集》，巴黎，一八八二。

* 法國資產階級臨時政府於一八四八年設立的工廠，收容工人就業。——譯者註

64 佩蘭，〈下層波希米亞人的典型代表〉。

65 雨果，《悲慘世界》，第三〇六頁。

同樣沒有看破凝聚在人群周圍的社會之光。因此，他從反面替人們塑造了一個與雨果的人群觀念同樣缺乏批判性的形象，這個形象的典型便是英雄。波特萊爾為他的英雄在都市的人群中找到了避難所。雨果把自己視做為英雄放在人群中，波特萊爾卻把自己視為一名英雄從人群中分離出來。

三　現代主義

波特萊爾是按著英雄的形象來塑造藝術家形象的，二者從一開始就相輔相成。在〈一八四五年沙龍〉一文中，波特萊爾寫道：「意志力必須很好地培養，並且要始終有良好的收益，即便是一流的作品也會打上獨特風格的烙印。讀者欣賞的是這種力量，他們的眼睛會吸啜力量的汗水。」[1]在翌年召開的「青年文學會」上，有人提出了一個很好的方案，其中「為未來的工作而不倦地思考」[2]是作為靈感的保證出現的。波特萊爾懂得「靈感的天生惰性」[3]。他說繆塞從來不知道需用多大的力氣才能「使一件藝術品從白日夢中浮現出來」[4]。另一方面，他從一開始就以自己的信條、觀念和禁忌出現在眾人面前。巴雷斯（Barrès）聲稱，他能從波特萊爾

1《全集》，第二卷，第二六頁。
2《全集》，第二卷，第三八八頁。
3《全集》，第二卷，第五三一頁。
4 蒂博代，《內在》，巴黎，一九二四，第一五頁。

的「每一個微小的字眼裡辨認出那種使他獲得巨大成功的辛勞的痕跡」[5]。古爾蒙（Gourmont）寫道，「即便在神經質的呼喊中，波特萊爾仍然保留著健康的東西。」[6]最有表現力的說法是象徵主義者卡恩（Gustave Kahn）的話。他說，「在波特萊爾看來，寫詩類似於一種體力活兒。」[7]這一點可以從他作品裡值得我們仔細玩味的隱喻中得到證實。

這個隱喻便是劍術師的隱喻。波特萊爾喜歡透過這種隱喻把好戰的元素作為藝術元素來表現。當他描繪對他很有吸引力的吉斯的時候，他在人們都昏然沉睡的時刻發現了他。波特萊爾寫他如何站在那兒「俯身於桌前，仔細審視一張白紙，專心得就像白天處理身邊的事情；他如何以他的鉛筆、鋼筆和刷子向前刺去，把玻璃杯裡的水噴向天花板，在襯衫上試驗他的筆；他如何疾速而又專注地忙於工作，好像害怕他的意象會棄他而逃；因此，即使在他獨自一人的時候他也是好鬥的，他得閃開來自自己的攻擊」[8]。波特萊爾在他的詩〈太陽〉的開頭一段把處在那種「古怪的練習」的劇痛中的自己描繪出來，這或許是《惡之華》裡唯一的一處他在自己的詩的勞作中露面。決鬥是每個藝術家都倖免不了的，他在「被擊倒之前嚇得尖叫起來」[9]，然而這種決鬥卻被賦予了一種田園詩的結構；它的暴力隱退到背景之中，而它的魅力也就能夠被人察覺。

沿著古老的市郊，那兒的破房
都拉下了暗藏春色的百葉窗，
當毒辣的太陽用一支支火箭
射向城市和郊野、屋頂和麥田，
我獨自去練習我奇異的劍術，
向四面八方嗅尋偶然的韻律，
絆在字眼上，像絆在石子路上，
有時碰上了長久夢想的詩行。[10]

波特萊爾在散文中同樣也給予這些詩的體驗其應有的地位，這是他在散文詩《巴黎

---

5 引自紀德，〈波特萊爾與M．法蓋〉，載《新法蘭西評論》，一九一〇年一一月，一期，第五一三頁。
6 古爾蒙，《文學漫步》，第二輯，巴黎，一九〇六，第八五頁及其下。
7 卡恩序，《我赤裸的心》（波特萊爾著），巴黎，一九〇九，第六頁。
8 《全集》，第二卷，第三三四頁。
9 引自雷諾，《波特萊爾》，巴黎，一九二二，第三一七頁及其下。
10 《全集》，第一卷，第九六頁（中譯據錢氏譯本）。

的憂鬱》裡的首創。在給《快報》主編阿爾塞納・烏薩耶（Arsène Houssaye）的獻辭中，波特萊爾在這個首創之外又告訴了我們這些體驗的真正的底蘊。「我們之中誰不曾在某個雄心勃勃的時刻夢想一種詩意散文的奇蹟，沒有節奏和韻律，像音樂一樣輕快流暢，時斷時續，正適於靈魂奔放不羈的騷動、夢的起伏和思想的突然跳躍？這種令人著魔的理想首先是大城市體驗的結果，是它的無數關係相交錯的結果。」[11]

如果有誰把這種韻律描繪下來，並研究一下作品的這種模式，他就會發現，波特萊爾筆下的遊手好閒者並非在人們所設想的程度上是詩人的自畫像。真實生活中的波特萊爾並不像一些人描繪的那樣心不在焉。在遊手好閒者身上觀看的快樂是令人陶醉的。它可以集中注意力於觀察；其結果便是業餘偵探。或它只停滯在打呵欠的人身上，這時一個遊手好閒者就成了一個在馬路上東遊西蕩、看熱鬧的人（badaud）[12]。然而，對於大城市的揭示性的呈現並不來自這兩種人。他們是那些心不在焉地穿過城市、迷失在思緒和憂慮中的人們的作品。異想天開的怪癖劍術（fantasque escrime）這一意象用在他們身上再恰當不過了。在波特萊爾心目中，他們是什麼都可以，唯獨不是一個觀察者。切斯特頓（Chesterton）在他論狄更斯的書裡高明地捕捉到了那種在城市中飄泊、沉溺於思想之中的人。狄更斯始終如一的漫遊從童年就開始了。「當他做完苦工，他沒有別的去處，只有流浪，他走過了大半個倫敦。他是個沉湎於幻想的孩子，總想著自己那沉悶的前程……他在黑夜裡從霍爾登的街燈下走過，在十字路口被釘上了十字架……他去那兒不是要去『觀察』什麼——一種自命不凡的習慣；他並沒有注視著十字路口來使自己的心靈改善或數霍爾登的街燈來練習算術……狄更斯沒有把這些地方印在他的心上；然而他把心印在這些地方。」[13]

在晚年，波特萊爾已經不能經常像個漫步者那樣在巴黎的街頭走動了。他的債主追著他，他的疾病常常發作，他和女房東之間也有爭吵。他的憂慮老使他受驚，這種震驚連同他用來躲避它的千百個意念都被他重新製作成他的詩體虛張聲勢的攻擊。如果我們能察覺出鬥劍的意象下波特萊爾在他的詩裡所付出的努力，就意味著

11《全集》，第一卷，第四〇五頁及其下。

12「絕不能把遊手好閒者與看熱鬧的人混淆，必須注意到其中的細微差別……一個遊手好閒寫者身上還保留著充分的個性，而這在看熱鬧的人身上蕩然無存。它完全沉浸在外部世界中，從而忘記了自己。在他面前的景象的作用下，看熱鬧的人成了一種與個人無關的生物；他已不再是人，而是公眾和人群的一部分了。」（富爾內爾，《巴黎街頭見聞》，巴黎，一八五八，第二六三頁）

13 切斯特頓，《狄更斯》，巴黎，一九二七，第三〇頁。

我們學會了把它們當作一系列連續的、小小的即席表演來理解。他的詩作豐富多彩，這表明了他的創作是多麼勤奮不輟，他與它們的關係是多麼密切。他並不總是很情願在巴黎的街角碰撞他的詩的問題。在他文人生涯的早期，當他住在皮莫當旅館時，他的朋友們總是羨慕他能夠隨心所欲地從書桌上和房間裡抹掉工作的痕跡[14]。在那些日子裡，用個象徵的說法，他想的是占領街頭。此後，當他一點一點拋棄了他的布爾喬亞生活，街頭便日益成為他的庇護所了。但在漫步之中，一開始就包含了對這種生活的脆弱性的意識。它使得一種美德出於必然，而它所展示的結構從各方面來說都是波特萊爾的英雄概念的典型特徵。

這種掩飾起來的必需並不僅僅是物質上的；它還關係到詩的生產。波特萊爾的經驗中的固定形式，他的思想之間缺乏媒介，以及凝固在他形象之中的不安表明，他沒有那種聽其使用的蘊含，這種蘊含只有透過大量的知識和透悟的歷史觀才能獲得。「波特萊爾身上有一種東西，這對作家來講是一種巨大的缺欠，他天真無知。凡他知道的，他都瞭如指掌；但他知道的很少。他對歷史學、詞源學、考古學和哲學都未曾涉獵……他對外在世界沒什麼興趣；他或許也意識到這個世界的存在，但他卻從來不去研究它。」[15]面對這種說法以及其他類似的批評[16]，我們或許會自然而然、合乎情理地強調兩點，一是某些東西對於一個寫作的詩人來說雖然必需而且有益，但卻可望不可及；二是對於一切創造性而言，獨特的個人風格是不可缺的。但在另一方面，在一個原則的名義下，創作者的負擔會變得過於沉重，這原則便是「創造性」原則。這種過重的負擔是最危險的東西，因為它以阿諛奉承提高了創作者的自我評價，有效地扼制著他對於對他帶有敵意的社會秩序的關注。波希米亞人的生活方式有助於創造出一種對創造性的迷信，馬克思曾對此作過觀察和思考。他的話無論對體力勞動還是腦力勞動都同樣適用。《哥達綱領批判》的草稿的頭一句寫道，「勞動是一切財富和文化的源泉」，接著他又加了一段評論性的註釋：「資產階級很有理由把超自然的創造力歸罪於勞動，因為隨之而來的正是這樣一個事實，即勞動依賴於自然；而一個除自己的勞動力之外一無所有的人在任何社會和文明中

14 普拉龍，一位波特萊爾年輕時的友人回憶一八四五年前後那一階段時寫道：「我們思考和寫作時幾乎不用書桌。」提到波特萊爾時他接著寫道：「就我所看到的，他往往是在街道上疾速地走來走去，匆匆構思他的詩句，很少見到他坐在一張白紙前寫東西。」（引自塞歇，《惡之華的生命》，巴黎，一九二八，第八四頁）邦維爾對皮莫當旅館的描述與此不謀而合：「我第一次去那裡的時候既見不到百科全書，也沒有書房，甚至連一張寫字枱也沒有。那兒沒有壁櫥，沒有餐廳，沒有布置起一個中產階級公寓的一切東西。」（邦維爾，《我的回憶》，巴黎，一八八二，第八二頁）

15 都．恭，《文學回憶》，卷二，巴黎，一九〇六，第六五頁。

16 參見朗希《文學特徵》，布魯塞爾，一九〇七，第二八八頁。

都必然成為那些擁有物質勞動條件的人的奴隸。」[17]波特萊爾沒有什麼精神勞動的物質條件。從圖書館到寓所，無論是在巴黎還是在外地，他整個不安定的一生都是在這種什麼都沒有的情況下應付的。一八五三年他寫信給他母親說：「某種程度上我已習慣於肉體的折磨。用兩件內衣來對付破褲子和透風的上衣，這種事情我很拿手。我還能很老練地用稻草甚至用紙塞住鞋子上的洞眼。道德上的痛苦幾乎是我唯一領會的痛苦。不過不管怎麼說，我已確實到了這種地步，以致必須避免任何突然的動作或走太遠的路，因為害怕把衣服的破口弄得更大。」[18]波特萊爾在英雄形象身上加以美化的種種經驗裡，這類經驗是最不含糊的。

那時在另一個地方，以一種反諷的方式，一無所有的人出現在英雄形象中。這是在馬克思的文章裡。談到拿破崙一世的思想，馬克思說道：「『拿破崙主義』的極致是軍隊至上。軍隊是耕種小塊土地的農民轉化為英雄的榮譽之所繫（point d'honneur）。」而現在，在拿破崙三世的統治下，軍隊「不再是農村青年的精華，而是農村無業遊民無產者的烏合之眾。它大部分由替補者組成，一如第二個拿破崙本人也是個替補者，一個拿破崙的代替品」[19]。如果我們從這幅畫面回到搏鬥的詩人的形象上，我們就會發現有另一個形象時刻附著在它上面，這個形象便是擄掠者，一個漫遊過鄉村、偷盜農作物的士兵[20]。然而最重要的是，波特萊爾兩行著名的詩句，其中包括不明顯的切分法，卻馳名於馬克思所說的社會性空虛的地域。這兩句在第三首〈小老太婆〉的第二段的末尾。普魯斯特給予它們的評價是：「這似乎是無法逾越的。」[21]

啊，我曾幾次跟在小老太婆身後！
其中的一位，有一次，當西下的夕陽
用它流血的創傷把天空染紅的時候，

17 馬克思，《哥達綱領批判》，柯爾施編，柏林，一九二二，第二二頁。
18 波特萊爾，《致母親的信》，克雷佩編，巴黎，一九二六，第四四頁及其下。
19 馬克思，《路易．波拿巴的霧月十八日》，作品已註，第一二二頁及其下。
20 參見「對於你，年老的擄掠者／愛情已沒有滋味，也不想跟人爭辯」（《全集》，第一卷，第八九頁）。在大量的、絕大部分毫無光彩的關於波特萊爾的文學作品中，克拉森寫的一本書是少數令人反感的作品之一。這本書的特點是它用喬治圈子裡歪曲的術語，讓波特萊爾穿著一副鐵甲出現在人們面前，它把教權的復辟置於波特萊爾生活的中心，它描繪道：「在無數閃亮的手臂的簇擁下，神聖的神明在保存著神聖權利的王權榜神中被帶過了巴黎的街道。這或許是他整體存在的決定性的體驗，因為這關係到他的本質。」（克拉森，《波特萊爾》，魏瑪，一九三一，第九頁）然而那時波特萊爾才九歲。
21 普魯斯特，〈談談波特萊爾〉，載《新法蘭西雜誌》，一九二一年六月一日，第六四六頁。

它沉思地，獨自離開，坐在長凳上，
聽那有時湧進公園裡來的軍樂隊
為我們舉行豐富的銅管樂器演奏，
在震奮人的金色傍晚，這種音樂會
把某些英雄精神注入市民的心頭。22

由陷入貧困的農民編成的銅管樂隊為窮苦的城市居民演奏悅耳的音樂，他們體現了那種以含糊閃爍的言詞害羞地遮掩著其衣衫襤褸的質地的英雄主義，這種英雄主義只有在這種姿態下才是真實的，並且它還是唯一由這個社會製造出來的種類。它的英雄們心中沒有熱情，而那些圍在軍樂隊四周的小人物心中也沒有容納這種熱情的地方。

公園——詩中提到它們時稱之為「我們的花園」——向城市居民開放，他們的渴望徒然地指向巨大的、四周封閉的公園。到這些公園去的人們並不全是在遊手好閒者身邊亂轉的群眾。「不管屬於哪個黨，」波特萊爾在一八五一年寫道：「他不可能不被這種奇觀攫住：病態的大眾吞噬著工廠的煙塵，在棉絮中呼吸，體表被白色的鉛、汞和種種產生傑作所需的有毒物質滲透……」這些衰弱憔悴的大眾，「大地為之驚愕」；他們感到「一股絳色的、暴烈的血液在周身的脈管中流淌，他們對著陽光和巨大的公園的陰影投以長久而充滿憂愁的注視」[23]。這個大眾是英雄輪廓藉以突出的背景。波特萊爾以他自己的方式為這幅畫加上標題。他在它下面寫上「現代人」。

英雄是現代主義的真正主題。換句話說，它具有一種在現代主義中生存的素質。巴爾札克也這樣認為。由於巴爾札克和波特萊爾的信念，他們都站在浪漫主義的對立面。他們美化熱情和決心，浪漫主義則美化放棄和妥協。然而觀察事物的新方式在一個詩人身上遠比在一個講故事的人身上體現得豐富而充分。兩種不同的言語形象就可以表明這一點。兩人都在各自的現代主義宣言裡向讀者引薦英雄。巴爾札克的辯論者以旅行推銷商（commis voyageur）的面目出現，這位了不起的旅行推銷商高老頭正整裝待發，要去都蘭地方大幹一番。巴爾札克描寫了他的準備過程，隨即自己插進來驚呼：「好一個運動家！好一個競技場！瞧這些武器：他，這

22《全集》，第一卷，第一〇四頁（中譯據錢氏譯本）。

23《全集》，第二卷，第四〇八頁。

世界，和他的三寸不爛之舌！」[24]而在另一方面，波特萊爾卻在被剝奪繼承權的人身上認出了古代的擊劍奴隸。他的詩〈酒魂〉（L'Ame du vin）的第五段寫出了酒給予那些被剝削者的承諾：

你狂喜的妻子，雙眼將被我點燃；
你兒子從我獲得力量，蒼白的兩頰透出紅潤。
對於與生活搏鬥的脆弱的人們，
我是油，能使鬥士的肌體變得堅韌。[25]

為工資而工作的人們在日常勞動中獲得的東西不折不扣正是那幫助古代的鬥劍者贏得喝采和名聲的東西。這個意象是波特萊爾最精采的洞見之一；這出自他對自身處境的思索。在〈一八五九年沙龍〉中有一段話表明了他多麼想仔細地考察這個問題：「當我聽到人們暗藏著貶低後來者的意圖讚揚一個拉斐爾（Raphael）或一個韋羅內塞（Veronese）的時候，我便問自己，是否一項至少與他們的成就相當的功業應得到褒獎，因為這是在一個充滿敵意的環境和氛圍下取得的勝利。」[26]波特萊爾喜歡在一種巴洛克式的光輝照耀下把他的主題置於行文裡。在這裡，我們可以看出波特萊爾理論上的敏銳。他把本來存在的主題之間的關聯弄得朦朧晦澀，但這些晦澀的段落幾乎每每能由他的書信澄清。不必求助於某種順序就可以清楚地看到上述寫於一八五九年的段落與十年前所寫的一段奇特的文字之間的關聯。下面這條思索鏈便可以重建這種關聯。

現代主義呈現在人身上的自然創作衝動的阻力較之個人的力量是大得不成比例的。如果誰倦於此道或乾脆死亡逃避，那是非常可以理解的事情。現代主義應置於一個標題之下，這個標題便是——自殺。自殺這種舉動帶有英雄意志的印記，這意志面對與之為敵的理智時寸步不讓。這種自殺不是一種厭棄，而是一種英雄的激情，它是現代主義在激情的王國中所取得的成就[27]。按這種現代生活特有的激情（passion particulière de la vie moderne）的形式，自殺出現在現代主義理論的經典篇

---

24 巴爾札克，《高老頭》，卡爾芒—列維，巴黎，一八九二，第五頁。

25《全集》，第一卷，第一一九頁。

26《全集》，第二卷，第二三九頁。

27 尼采後來從同樣的角度來看自殺。「人們怎樣譴責基督教都不為過，因為它貶低了偉大的、洗清罪惡的虛無主義運動的價值，這種運動往往以反對虛無主義行為作為其活動方式，它所反對的那種虛無主義行為便是自殺。」（尼采，《全集》，施萊赫塔編，慕尼黑，一八五六，卷三，第七九二頁及其下）

章之中。古代英雄的自殺不在此例。「除了赫拉克勒斯在奧伊塔山，烏蒂卡的卡托以及克麗奧佩特拉，在古代的記載裡哪兒還能找到自殺？」[28]並不是波特萊爾在現代的記載中找到了它；參照盧梭和巴爾札克都是很勉強的例子。但現代主義的確已為它的出現備好了原料，它在等待主宰它的人。這種原料將自己放置在恰好成為現代主義基礎的社會階層中。現代主義理論的第一個標誌出現於一八四五年，那時，勞動大眾對自殺的念頭已經非常熟悉了。「人們爭先恐後地想弄到一張描繪一個英國工人因對謀生絕望而自殺的版畫。一個工人竟然跑到歐仁・蘇的公寓裡去上吊，他手裡有一張紙條，上面寫著：『我想，如果我能死在一個愛我們、為我們站出來說話的人的屋簷下，死對我來說會更輕鬆一些。』」[29]一八四一年一位叫阿道夫・博耶的出版商出版了一本題為《工會組織對工人利益的改善》的書。它溫和地表示想從一些老牌公司裡招募一些能堅持為工會組織工作的熟練工人。可是他的著作不怎麼成功，作者自己了結了自己的生命，並在一封公開信中號召他那些壞運氣的伙伴步上他的後塵。像波特萊爾這樣的人自然會把自殺視為復辟時期存留在城市病態的大眾（multitudes maladives）中僅有的英雄行為。他非常欣賞雷特爾（Alfred Rethel）的死，或許他把一位技藝高超的藝術家在蒙著畫布的畫架前工作看成是自殺者赴死的方式。從畫的顏色可以看出，是時尚為它提供了獨特的色彩。

在七月君王的統治下，黑色和灰色成為人們衣飾的主導色調。波特萊爾在〈一八四五年沙龍〉中把這種變化與自己聯繫起來。在他的第一部作品的末尾他總結道：「畫家，真正的畫家將比任何人都更能夠從現實生活中把握住史詩性的場面，並用線條和色彩教會我們理解我們自己——這些穿著黑漆皮鞋、打著領帶的人——是多麼了不起，多麼富於詩意。或許真正的先鋒會在明年讓我們極度愉快地歡慶真正的『新』東西的出現。」[30]一年之後他寫道：「看看衣著，看看現代英雄的外表，難道沒有一種自身的美和魅力嗎？……這難道不是我們的時代和痛苦所需要的裝扮嗎？它那瘦弱、黑色的窄肩不正是無休止的送葬的象徵嗎？那些黑套裝、軍上衣不僅有一種反映普遍平等的政治的美，還有一種反映共和精神的詩的美——穿這種服裝的是一支巨大的隊伍——政客、色情狂、資產階級，應有盡有。我們都親眼目睹過某種葬禮。那一成不變的絕望的號衣便是平等的證明……那扮著鬼臉、如蛇般裹著他們死去的軀體的衣料的皺褶，難道沒有一種神聖的魅力嗎？」[31]這些內心

28《全集》，第二卷，第一三三頁及其下。
29 貝諾瓦，〈一八四八年的人們〉，載《兩世界雜誌》，一九一四年二月一日，第六六七頁。
30《全集》，第二卷，第五四頁及其下。
31《全集》，第二卷，第一三四頁。

的意象是他的十四行詩中哀慟的女過客（femme passante）對詩人產生的巨大魅力的一部分。〈一八五九年沙龍〉最後這樣寫道：「因此，伊利亞特的英雄們不能和你們同日而語，伏脫冷（Vautrin），拉斯蒂涅（Rastignac），比洛多（Birotteau），或是你，馮塔納雷（Fontanarès），你穿著像被鉗子勒緊的死氣陰森的衣服，這種我們人人都穿的衣服，你沒有膽量向公眾坦白在這外表之下你正在幹什麼勾當；還有你，巴爾札克，在所有由你想像創造的人物中，你是最超凡、最浪漫、最富於詩意的。」[32]

十五年後，德國南方的民主主義者菲舍爾（Friedrich Theodor Vischer）寫了一篇批判時尚的文章，也有與波特萊爾相似的看法。但兩人的著重點不同，正是菲舍爾在政治鬥爭中的一場引人注目的爭論為波特萊爾對現代主義所作的黯淡無光的說明塗上了色彩。菲舍爾抨擊一八五〇年以來政治上的反動：「如果誰顯現出自己真正的氣質就會被視為荒誕不經，而穿著整齊則會被看成孩子氣。這樣，人們的衣著怎麼會不變得色調單一、邋遢而又緊繃？」[33]然而兩極相通，菲舍爾的政治批評所隱喻的東西與波特萊爾早先的形象重疊起來。在他的十四行詩〈信天翁〉中——這是在一次渡海航行中寫的作品，人們曾希望年輕的詩人能因這次航行改邪歸正——波特萊爾在那些被船員們放在甲板上逗弄的笨拙的鳥兒身上看到了自己，他是這樣描繪的：

海員剛把牠們放在甲板上面，
這些笨拙而焦躁的碧空之王，
就把又大又白的翅膀，
像雙槳一樣垂在牠們的身旁，多麼可憐。
這插翅的旅客，多麼怯弱笨拙！[34]

菲舍爾這樣描寫那種蓋住手腕的短上衣的寬袖子：「這已不再是手臂了，而是退化了的翅膀，是企鵝翅膀的殘餘部分，是魚鰭；當人們走路時，那附肢的姿勢看起來像又蠢又笨的動作，推著、划著。」[35]相同的見解，相同的形象。

32《全集》，第二卷，第一三六頁。
33 菲舍爾，《對當今服飾的理性思考：批判的步驟》，新叢書，第三卷，斯圖加特，一八六一，第一一七頁。
34《全集》，第一卷，第二二頁（中譯據錢氏譯本）。
35 菲舍爾，作品已註，第一一一頁。

波特萊爾不否認現代主義的額頭上蓋著該隱的標誌，他更為清晰地描繪了這張面孔：「大多數關心真正的現代主題的作家都滿足於那種有保證的、有權威的主題，滿足於我們的勝利和我們政治上的英雄主義。他們勉強這麼做，完全是因為政府這樣吩付並付給報酬。然而在私人生活中卻有一種全然不同的英雄主義。對高尚的生活和千姿百態的人物的觀察把我們帶入了由罪犯和被贍養的女人組成的大城市的底層。《法庭公報》（*Gazette des Tribunaux*）和《箴言報》（*Moniteur*）證明我們只需睜開眼睛去發現我們的英雄氣質。」[36]在這裡，英雄形象把大城市的流氓（apache）也包括進來了，他所具有的特點正是布努爾（Bounoure）從波特萊爾的孤獨中看到的，這種孤獨是一種「頑固的皮膚潰瘍」（noli me tangere），一種個人的不同。」[37]流氓是公開唾棄道德和法律的；他永遠解除了社會契約，因此他們相信這個世界把他們和資產階級分開了，但他卻沒有從雨果在其《懲罰集》裡精心描繪的形象中認出自己那副同謀的嘴臉。毫無疑問，波特萊爾的幻想註定有更大的持續力。它們找到了一種無賴主義的詩，並把自己奉獻給一種八十多年來長盛不衰的文體。波特萊爾是第一個揭開這層幃幕的人。愛倫·坡的英雄不是罪犯而是偵探。至於巴爾札克，他只知道社會上偉大的旁觀者。伏脫冷經歷了騰達和沒落，有和所有巴爾札克的英雄相似的境遇。一個罪犯的經歷幾乎就是所有罪犯的經歷。費拉古

（Ferragus）也有大構想和一長列的計畫；他是卡博納利類型的人。在波特萊爾之前，流氓的全部生活局限在社會和大城市的狹小區域內，在文學裡更是全無一席之地。《惡之華》中有關這一主角的最震撼人心的描繪：〈凶手的酒〉（Le Vin de l'assassin）成了巴黎式文體的起點。歌舞酒吧「黑貓酒吧」（Chat noir）是它的「藝術總部」，現代的路人（Passant, sois moderne）是它早期的英雄時代的碑文。

詩人們在他們的街道上找到了社會渣滓，並從這種渣滓中繁衍出他們的英雄主人翁＊，這意味著一種普遍的類型業已重疊在他們輝煌的文學類型上。這種新的類型充滿了拾荒者的形象，而波特萊爾更是反覆地把自己與這一形象聯繫起來。在他寫〈拾荒者的酒〉的前一年，他出版了一本散文集，提出了這一形象：「此地有這麼個人，他在首都聚斂每日的垃圾，任何被這個大城市扔掉、丟失、被它鄙棄、被它踩在腳下碾碎的東西，他都分門別類地收集起來。他仔細地審查縱欲的紀錄，堆積如山的廢料。他把東西分類挑揀出來，加以精明的取捨；他聚斂著，像個守財奴

36《全集》，第二卷，第一三四頁及其下。

37 布努爾，〈雨果的深淵〉，載《向度》，一九三六年七月十五日，第四〇頁。

＊ 作者在行文中靈活地變換同一個詞的兩種含義，hero 一詞時而作「英雄」講，時而作「主角」講，如問 subject 一詞，在不同的語境分別有「主題」與「主人翁」的意思。——譯者註

看護他的財寶，這些垃圾將在工業女神的上下顎間成形為有用之物或令人欣喜的東西。」[38]

在波特萊爾的腦子裡，這幅圖景是詩人活動程序誇張的隱喻。拾荒者和詩人都與垃圾有關聯；兩者都是在城市居民酣沉睡鄉的時候孤寂地操著自己的行當，甚至兩者的姿勢都是一樣的。納達爾（Nadar）曾提到波特萊爾僵直的步態[39]，這是詩人為尋覓詩韻的戰利品而漫遊城市的步伐；這也必然是拾荒者在他的小路上不時停下、撿起偶遇的破爛的步伐。有許多例子可以說明波特萊爾有把這層關係揭露出來的隱祕的願望。不管怎麼說，這包含了某種先知的成分。六十年後，在阿波里奈（Apollinaire）的詩裡出現了一個墮落為拾荒者的詩人兄弟。他是克羅尼亞曼塔爾，一個 被扼殺的詩人（poète assassiné），是要在全世界意欲滅絕抒情詩的進程中的第一個犧牲品。

無賴主義的詩就是在這種飄忽不定的光亮中出現的。難道社會渣滓能補足大城市英雄的缺麼？抑或英雄便是以這種材料塑造作品的詩人[40]？現代主義理論對這兩者都予以肯定。但在後期的〈伊卡洛斯的呻吟〉（Les Plaintes d’un Icare）中，上了年紀的波特萊爾表明他已不再與這一類人休戚與共了，雖然他年輕時正是從這類人中尋覓英雄的。

去做妓女們的情人
都很幸福、舒適、滿意；
而我，卻折斷了手臂，
為了曾去擁抱白雲。[41]

詩的題目表明詩人是古代英雄的替身，但他卻不得不讓位給現代英雄。他們的事跡早由《法庭公報》報導過了[42]。事實上，這個辭職退場已為現代英雄的概念所固有。他註定難逃厄運，而且根本不用哪個悲劇作家來說明這一沒落的必然性。一旦現代主義獲得了它應得的東西，它的氣數也就行將殆盡，隨之而來的便是它必須經

38《全集》，第一卷，第二四九頁及其下。
39 引自梅拉爾，《智慧之城》，巴黎，一九〇五，第三六二頁。
40 波特萊爾很久以來一直想以這個背景寫小說。他死後出版的文章裡就有這類計畫的跡象，一些文章的標題就叫作〈畸形的教育〉、〈養情婦的人〉、〈淫蕩的女人〉等等。
41《全集》，第一卷，第一九三頁（中譯據錢氏譯本）。
42 七十五年以後，幹壞事的人與文人之間的衝突重新復活。當作家被趕出德國時，一段關於韋塞爾的傳說進入了德國文學。

受檢驗。在它終結之後，它是否能成為一種古典便可一目瞭然。

波特萊爾對這個問題一直念念不忘。他體驗過人們某天把他不朽的宣言當作一位古典作家的宣言的滋味。「一切現代主義都值得在某一天變成一種古典。」[43]對於他來說，這闡明了普遍的藝術使命。卡恩曾非常貼切地指出，在波特萊爾身上有一種憑恃一種詩意的天性而拒絕機運的傾向（refus de l'occasion, tendu par la nature du prétexte lyrique）[44]。正是這種使命意識使得波特萊爾對機遇不怎麼在意。在他所屬的時代裡，古代英雄最迫切的「任務」，海克力斯（Hercules）的「勞動」的最迫切的任務莫過於那種他自己加於自身的任務：使現代主義成形。

在現代主義參與的一切關係中，它與古典時代的關係最為突出。在波特萊爾看來，這一點可以在雨果的作品裡得到映證。「命運引導他……把古典的頌歌和悲劇……重塑為詩歌和戲劇，我們透過他才得知這種東西。」[45]現代主義指出了一個時代，同時它也意味著在這個時代起作用、帶它接近古典的能量。波特萊爾僅有偶爾幾次不情願地把這種能量讓給雨果。而在另一方面，他卻把瓦格納（Wagner）視為這種能量狂放不羈、純粹地道的呈現。「如果他在選擇主題和戲劇處理上更靠攏古典，那麼他的表現的激情的力量足以使他成為當前現代主義最重要的代表。」[46]這個簡單的句子包含了波特萊爾的現代藝術理論。按他的觀點，古典的優劣局限在結構方面，而作品的實質與靈感的激情則是現代主義的事。「唉，那些研究古典主義純藝術、邏輯和一般方法之外的其他方面的人，他們過度沉溺於古典時代，自己剝奪了時運給予他們的特權。」[47]在他論吉斯的文章的最後一段裡，他寫道：「他可以在任何地方發現我們時代的生活稍縱即逝的美，那種讀者允許我們稱之為『現代主義』的特徵。」[48]他的信條可以歸結為：「一種持續不變的因素和一種相對、有限的因素共同創造了美……後一種因素是由時代、時尚、道德和熱情提供的。沒有後一種因素……前者也難以被吸收。」[49]誰也不能說這是個深刻的分析。

在波特萊爾的現代主義觀點中，現代藝術理論是最薄弱的一環。他的一般觀點闡明了現代主題；他的藝術理論或許與古典藝術有關，但他從未嘗試過這類東西。

43《全集》，第二卷，第三三六頁。
44 卡恩，作品已註，第一五頁。
45《全集》，第二卷，第五八〇頁。
46《全集》，第二卷，第五〇八頁。
47《全集》，第二卷，第三三七頁。
48《全集》，第二卷，第三六三頁。
49《全集》，第二卷，第三二六頁。

他的理論並沒有應付放棄，這種放棄在他的作品裡呈現為失去自然和純樸。在他的闡述中表現出的獨立於愛倫．坡的東西正是一種束縛的表現力。他好爭辯的傾向是另一方面；它明確地反對歷史主義、傳統的亞歷山大主義的灰暗背景，而這些玩意兒正是維耶曼（Villemain）和庫辛（Cousin）等人的時尚。波特萊爾的藝術理論的美學思考從未反映出現代主義與古典的互相貫通，而《惡之華》的某些詩章卻做到了這一點。

在那些詩裡，〈天鵝〉（Le Cygne）是最突出的。它無疑是一個寓言。騷動不安的城市變得嚴峻刻板起來，變得像玻璃一樣易碎而透明，也就是說，「城市的面貌變化得比一個凡人的心還要快」[50]。巴黎的質地是脆弱的，它被脆弱的象徵包圍著——有生命的東西（黑女人和天鵝）和歷史形象（安德洛馬克〔Andromache〕，「赫克托耳」〔Hector〕的寡婦和赫勒諾斯〔Helenus〕的妻子」）。他們共同的特徵是對逝者的悲哀和對來者的無望。在最後的分析中，是這種衰老構成了現代主義與古典時代最緊密的聯繫。無論巴黎在《惡之華》的何處出現，都帶著這種衰老的印記。〈黃昏的微光〉是一個由城市材料再造出來的人甦醒時的悲泣。〈太陽〉展現出城市的破敗，像陽光下的一塊舊織物。那個老人日復一日、逆來順受地拿著他的工具，因為即便在晚年他也沒能從匱乏中擺脫，而這正是城市的寓言。在城市居民中，老婦人——「小老太婆」——是唯一被精神化了的一類人。這些詩歷經幾十年而未被挑戰，這應歸功於守護著它們的保留地。這是拒斥大城市的保留地，它使這些詩篇幾乎與後來所有的大城市詩歌區別開來。維爾哈倫（Verhaeren）有一節詩足以讓我們明白這裡的意味：

罪惡瘋狂的時刻，
滋生罪孽的城市大缸，
如果一個新的基督於某天誕生
在霧和街燈的光亮中，對人們
高舉起人性，用新星的火焰
將它洗煉，結果將是什麼？[51]

波特萊爾對這種透視事物的方式一無所知。城市衰老的意識是他描寫巴黎的那些詩

50《全集》，第一卷，第九九頁。
51 維爾哈倫，《觸角般的城市》，巴黎，一九〇四，第一一九頁。

篇具有永久魅力的基礎。

〈天鵝〉一詩也是獻給雨果的。在波特萊爾看來，他的作品製造出一種新的古典，而能夠做到這一點的人寥寥無幾。但就人們所說的靈感的源泉，雨果的情況與波特萊爾的情況便在根本上有所不同。雨果不懂那種變得嚴峻的能力，而這種嚴峻——如果用生物的名詞——在波特萊爾的作品裡卻作為一種對死亡的模仿，千姿百態地把自身展示出來。另一方面，可以談談雨果對地獄之神的癖好。這一點雖未曾被人特別指出過，但佩吉的評論卻表明，雨果與波特萊爾兩人的古典概念的不同之處在這裡。「有一件事可以肯定：當雨果在路邊看到一個乞丐，他是按照那乞丐本來的樣子去看他的，按著他真實的樣子看他……他看到的是古代的乞丐，一個古代的哀求者，在古代的路旁。當他看見一個大理石鑲嵌的壁爐或一個水泥磚頭的現代壁爐時，他按它們本來的樣子看它們——也就是說，把它視為爐邊的石頭，古代爐邊的石頭。當他瞧見一幢房子的門或門檻——通常是一塊四方石頭，他會在這塊方石頭上辨認出古代的線條，那塊神聖的方石頭本來的線條。」[52]下面這段《悲慘世界》裡的文字作為註解是再好不過了：「聖安東區的小酒館與建在西比爾山洞上面的那些算命者的小酒館很相似，它們都和一種神聖的激情聯繫在一起；那兒的桌子幾乎都是三條腿的，埃涅烏斯（Ennius）說起人們從前在那兒痛飲神巫的酒。」[53]同樣的觀察事物的方式產生出雨果的組詩「凱旋門」，所謂「巴黎的古蹟」的第一個形象便是由此出現的。這一建築遺蹟的頌歌出自一場巴黎戰役，一場「巨大的戰役」，在這場戰役中，只有三處建築在一片瓦礫中倖存下來：聖徒小教堂（Sainte-Chapelle）、旺多姆柱（Vendôme column）和凱旋門（Arc de Triomphe）。這一組詩在雨果作品中巨大的重要性在於它據有這樣一個位置，使人們得以從頭一覽按古典樣式建築的巴黎風光。這首組詩寫於一八三七年，波特萊爾不可能沒有讀過。

距此七年前，即一八三〇年，歷史學家勞默爾（Raumer）在他的巴黎及法國書簡中寫道：「昨天，我從巴黎聖母院的塔尖上鳥瞰了這座龐大的城市。是誰首先在這裡建築了房屋？什麼時候巴黎最後一間房屋倒塌，從此它變得與底比斯和巴比倫一樣呢？」[54]雨果描繪了有朝一日這座城市化為一片泥土的情景，那時「被河堤邊的浪花拍擊、充滿回響的橋拱，將被喃喃低語、彎曲的急流修復。」[55]

---

52 佩吉，《散文作品》，巴黎，一九一六，第三八八頁及其下。
53 雨果，《悲慘世界》，巴黎，一八八一，第五五頁。
54 勞默爾，《巴黎書簡》，萊比錫，一八三一，卷二，第一二七頁。
55 雨果，《詩集》，卷三，巴黎，一八八〇。

但一切都會死去，這塊土地上將唯有
它仍在孕育的、消失了的人。[56]

在勞默爾之後一百多年，都德（Léon Daudet）在聖心廣場（Sacré-Coeur）從另一個制高點上看見了巴黎。在他的視野裡，自那時以來的「現代主義」歷史在一種驚人的對比中被反映出來。「從高處望著這些鱗次櫛比的宮殿、紀念碑、房屋、兵營，人們不免會感到它們註定要經歷一次或數次劫難，氣候的劫難或是社會的劫難。我花了幾個小時站在富爾維埃看里昂的景色，在德·拉·加爾德聖母院看馬賽的景色，在聖心廣場上看巴黎的景色……在這些高處感受最深切的是一種恐懼。那一團團的人太可怕了。人需要工作，這當然是對的，但他同樣還有其他需求，其中之一就是自殺，這既是他本人的內在需要，又是塑造他的社會的內在需要，這比他的自我保護的內在引導還要強大。因而，當人們站在富爾維埃、聖心廣場和德·拉·加爾德聖母院上往下看時，禁不住要為巴黎、里昂和馬賽還仍然存在而感到驚訝。」[57]這便是波特萊爾在自殺中認識到的「現代主義激情」在這個世紀的收穫的面貌。

巴黎城是以豪斯曼（Haussmann）賦予它的形式進入這個世紀的。他用可以想像的最謙卑的手段——鐵鍬、鋤頭、撬棍等等諸如此類的東西——革命性地改變了城市的相貌。這些簡陋的工具造成的破壞程度是巨大的。在大城市不斷成長的同時，一種把它夷為平地的手法也在不斷進步。它將召喚出什麼樣的破壞手段啊！然而都．恭（Maxime Du Camp）於一八六二年的某個下午在新橋（Pont Neuf）上發現自己的時候，豪斯曼的全部活動便從它的頂點被扯落了。都．恭那時是在一家眼鏡店旁等他的眼鏡。「作者置身在舊時代的門檻上，體驗到在某些瞬間，當人們回首往事時，一切都塗上了他自身的憂傷。他去眼鏡店表明他的視力已經衰退，而這又使他想到了一切人類事物的鐵律……他曾遍遊東方，很熟悉那些沙漠，那兒的沙子是死者的塵土。他忽然想到這座被喧囂包圍著的大城市，有朝一日也會像許多都城那樣地消亡。他想到人們會對伯里克利時期的雅典、巴爾卡時期的迦太基、托勒密時期的亞歷山大、凱撒時期的羅馬的細緻描繪多麼關注。隨著一陣靈感的閃耀——這往往會產生出非凡的主題——他決心寫一本關於巴黎的書，而許多古典歷史學家卻沒能夠寫下他們的城市。他內心的眼睛已經看到了他成熟的晚年時的著

56 同上。
57 都德，《真實的巴黎》，巴黎，一九二九，卷一，第二二〇頁。

作。」[58]在雨果的《凱旋門》以及都．恭從行政角度對他的城市所作的偉大呈現中，已能讓我們覺察到一種相同的靈感，它決定了波特萊爾的現代主義思想。

豪斯曼在一八五九年開始運作。他的都市計畫一直被認為是不可少的，他的方式被立為規範。都．恭在上面提到的那本書中說道：「一八四八年以後，巴黎幾乎不適於人居住。鐵路網不斷擴張……促進了交通，加速了城市人口的增長。人們塞在狹窄、骯髒、彎來繞去的街道上，只能擠作一團，因為別無選擇。」[59]五〇年代初，巴黎居民開始覺察到給城市來一次大掃除是無可避免的了。在醞釀階段，人們或許認為這次掃除作為一種美好想像的努力至少與城市的自我更新一樣偉大。儒貝爾說：「激勵詩人的並不是實在的東西，而是想像。」[60]這用在藝術家身上也同樣合適。任何事物，只要為人所知而又不能即刻置於身旁，都會變成一種想像。或許當時巴黎的街道就是這種情況。不管怎麼說，一本與巴黎規模龐大的改造工作潛在相聯的書完成於進行這種改造的數年之前，這是頗讓人懷疑的。這便是梅里翁（Meryon）銘刻在心的巴黎圖景。沒有誰比波特萊爾對它的印象更深了。對於他來說，那種大劫難的考古式景象並不是真正觸動人的東西，但這卻是雨果的夢想的根基。按雨果的想法，古典時代會像雅典娜從毫無損傷的宙斯的腦袋中突然跳出來一樣，產生自一種完整的現代主義。梅里翁連一塊鵝卵石都沒有拋棄就帶來了城市的古代面貌，而波特萊爾也以這種方式不懈地追尋現代主義觀念。他是梅里翁的狂熱崇拜者。

這兩人彼此間有一種鬼使神差的契合。他們生於同一年，兩人的死只相距幾個月。兩人都在孤獨和無窮的煩擾不寧中死去——梅里翁死於夏朗頓，被人當作瘋子，波特萊爾無聲無息地死於一家私人診所。兩人聲名鵲起都已是身後之事[61]。波特萊爾幾乎是唯一在活著的時候盛讚梅里翁的人。他有幾篇散文是與論梅里翁的短文相呼應的。論述梅里翁是一種對現代主義的尊敬，但同時也是對梅里翁的古典面表示尊敬。而在梅里翁身上，古典主義與現代主義也同樣是相互貫穿的，這種疊加，這種寓意在他身上明白地顯現。他的蝕刻版畫下面的標題很重要。如果作品帶有瘋狂的痕跡，那麼它們的沒沒無聞正突出了意義。作為某種解釋，雖然它有狡辯

58 布爾熱，〈一八九五年六月十三日學術演講。論都・恭〉，見《法蘭西學院文選》，巴黎，一九二一，卷二，第一九一頁及其下。
59 都・恭，《十九世紀下半葉的巴黎：其手段、功能和生命》，第六卷，巴黎，一八八六，第二五三頁。
60 儒貝爾，《通感之後的思考》，巴黎，一八八三，卷二，第二六七頁。
61 梅里翁在二十世紀找到了他的傳記作者——熱弗魯瓦。而這位作者的另一大作是布朗基傳，這絕非巧合。

的成分，梅里翁描寫新橋的詩與波特萊爾的〈刻骨農夫〉有密切的關聯：

這裡坐落著與舊新橋
一模一樣的仿製品
根據當前的法令
它已被裝修一新。
噢，博學多才的醫生
技藝高超的大夫
為什麼不把我們也治一治
像對待那座橋一樣呢？[62]

熱弗魯瓦（Geffroy）看到了這些畫的奇特之處，「儘管它們以生活為材料，但它們表現出來的卻是一種斷了氣的生活，一種已死的或垂死的東西。」[63]他理解了梅里翁的作品的本質，一如他理解它們與波特萊爾的關係，他尤其意識到一種忠誠，巴黎這座很快就變得千瘡百孔的城市，它便是在這種忠誠中被複製出來的。波特萊爾論梅里翁的文章微妙地提到了古典巴黎的重要意義。我們很少看到一座偉大城市自然的莊嚴被更加詩意的力量描繪出來：雄偉的石頭堆，直指天穹的塔尖，衝著天空噴雲吐霧的工業尖塔[64]；修繕紀念碑的巨大鷹架，對著紀念碑堅固的身軀展開其蛛網般的結構和矛盾的美；霧靄沉沉的天空孕育著狂怒，積蓄已久的仇恨使它變得沉重。人們在戲劇裡把自己的想像力賦予那寬闊的遠景之詩，緩和文明的痛苦及光榮的文明舞台布景這一切複雜因素都未被遺忘。」[65]出版商德拉特爾曾計畫出版附有波特萊爾的文章的梅里翁叢書，但沒能成功，這不能不說是一種損失。這些從未寫

62 引自熱弗魯瓦，《梅里翁》，巴黎，一九二六，第二頁。梅里翁起先是一個海軍官員，他的最後一幅蝕刻版畫表現了協和廣場上的海軍部，在湧向海軍部的雲霧中可以看到一整列的馬、輕便馬車和海豚，還有船隻和水蛇，其中還可以看到一些形狀像人的動物。熱弗魯瓦沒有藉助寓言形式便輕而易舉地發現了它的「含義」：「他的夢朝這幢像城堡要塞一樣堅固的房子衝來。這個地方記錄了他年輕時候的生活經歷，那時他仍在進行他偉大的旅行。而現在，他要向這給他帶來那麼多痛苦的城市和房子道別了。」（熱弗魯瓦，作品已註，第一六一頁）

63 同上書，在這種藝術裡，把「痕跡」保留下來的欲望是最有決定意義的東西。梅里翁的一組蝕刻版畫的標題表現了一些散放的石頭，它們是一座老工廠的痕跡。

64 參見漢普頗有見地的評論：「藝術家傾慕巴比倫寺院的廊柱而鄙視工廠的煙囪。」（漢普，〈文學，社會的意象〉，載《法蘭西百科全書》，十六卷：《當代社會的文學和藝術》一，巴黎，一九三五）

65《全集》，第二卷，第二九三頁。

出的文章是藝術家的錯誤；他只能把波特萊爾的任務理解為創造出他所描繪的街道和房屋，除此之外他便無能為力。如果波特萊爾照合同做了，那麼普魯斯特關於「古代城市在波特萊爾作品中的角色以及它們時常賦予它的淫蕩的色彩」[66]的論述就會比現在讀來更意味深長。在這些城市中，羅馬對於他是至高無上的。在給勒康·德·利爾（Leconte de Lisle）的一封信裡，他承認他對這座城市有一種「天生的偏愛」。這或許起源於皮拉內西（Piranesi）的蝕刻版畫，在那上面，不復存在的廢墟與新城市融為一體。

《惡之華》的第三十九首詩是這樣開頭的：

贈你這些詩篇，為了在某個晚上，
如果我的名字，有幸像一隻帆船，
被朔風吹到遙遠的時代的港灣，
使世人的腦海掀起夢幻的巨浪，
像無稽的傳奇似的，對你的懷想，
雖像揚琴一樣使讀者聽得厭煩。[67]

波特萊爾希望人們把他當作一首古典詩來讀。這個要求在短得驚人的時間裡便得到落實，遙遠的將來，那詩中提到的「遙遠的時代」按他的想像是在幾個世紀之後，但卻在他去世數十年後到來。當然，巴黎仍然存在，社會發展的偉大趨勢也依然如舊。但這些趨勢愈是經久不變，被它們的經歷標示為「全新」的東西便愈發顯得陳腐過時。現代主義改變了大多數事物，而那種被認為是歷久不衰的古典主義正顯露出陳腐的景觀。「赫基雷尼亞（Herculaneum）在灰燼之下被重新發現；但幾年的時光卻能比所有的火山灰更有效地埋沒一個社會。」[68]

波特萊爾的古代是羅馬的古代，古希臘只有一次進入了他的世界。古希臘為他提供了女英雄的形象，他覺得很值得把它們帶到現代來，而且他也認為自己有這個能力。在《惡之華》最偉大、最出名的一首詩中，他給女人取了希臘名字，德爾菲娜與伊波利特。這首詩寫的是女同性戀。女同性戀者是現代主義的女英雄。在她身上，波特萊爾的愛欲理想——顯示出強壯與男子氣的女人——與他的歷史理想，即古代世界的偉大結合起來。它說明了為什麼「女同性戀」這個題目長期埋

---

66 普魯斯特，作品已註，第六五六頁。

67《全集》，第一卷，第五三頁（中譯據錢氏譯本）。

68 巴爾貝．多爾維利，〈紈袴子弟與G．布魯麥爾〉，載《備忘錄》，巴黎，一八八七，第三〇頁。

藏在波特萊爾心中。順便說一下，波特萊爾決不是為了藝術而發現女同性戀者，巴爾札克在《金瞳女》（*Fille aux yux d'or*）裡就已經知道她了，戈蒂埃在《莫班小姐》（*Mademoiselle de Maupin*）裡、德拉圖什（Delâtouche）在《弗拉戈萊塔》（*Fragoletta*）裡都寫到過她；波特萊爾在德拉克洛瓦（Delacroix）的作品裡也遇見過她；在評論他的畫時波特萊爾間接地說到了這種「現代女性的魔鬼般的或神性的體現」[69]。

我們也可以在聖西門主義裡找到這個主題，在它狂放的空想中經常使用陰陽人的概念。其中一個例子便是用來展示杜韋里埃（Duveyrier）的「新城市」的寺廟。這一學派的一個門徒就此寫道：「寺廟必須表現一個陰陽人，一個男人加上一個女人，整個城市、整個王國、甚至整個地球都必須按這種想法來構劃。不久將會出現一個半男和一個半女。」[70]就其人類學內容而言，聖西門（Saint-Simon）的烏托邦在戴馬爾（Claire Démar）的思想裡遠比在這個從未落成的建築裡更容易讓人理解。在童話故事誇大的幻想中，戴馬爾早已被人遺忘，然而她留下的宣言卻比昂方坦（Enfantin）的母親神話更接近聖西門理論——即工業的人格化是改變世界的力量——的本質。同樣的，她的文章也關心母親，但實質上與那些走出法國去東方尋找母親的人是有點不同的。在當代探討女性未來的支脈繁多的文學中，戴馬爾的宣言以其力量和熱情而卓然獨樹。這篇宣言的名稱是「我的未未法律」，在最後的結論裡她寫道：「再也沒有什麼母性了！再也沒有冷血的法律了。我說：再沒有什麼母性了，因為女人一旦從花錢買她身子的男人手中解放出來，她的存在就將取決於她自己的創造性。為了這個目的，她必須使自己投身於某種工作，完成某種功能……因此你不得不這樣決定：把新生兒從他生母的乳房下抱走，放到一位社會母親的手中，她是一名國家雇用的護士。只有以這樣的方式，孩子才能更好地成長。只有在現在，而不是過去，女人和孩子才能從冷血的法律中解放，才能從人類自我剝削的法律中解放。」[71]

在此，我們得以一睹波特萊爾所傾心的女性英雄形象的原始面貌。它的女同性戀變體不是作家的作品，而是聖西門主義者的產品。不管怎樣，這裡所引的文獻肯定不是這一派的編年史家所掌握的最佳記載。但無論如何，我們確能讀到一個作為聖西門學說的繼承者的女性奇特的自白：「我開始愛我的女伴，就像愛我的男伴一樣……我承認，男人具有某種其獨有的肉體力量和智慧，但女人也同樣具有肉體美

69《全集》，第二卷，第一六二頁。
70 阿萊馬涅，《聖西門主義者，一八二七—一八三七》，巴黎，一九三〇，第三一〇頁。
71 克戴馬爾，《我的未來法律》，巴黎，一八三四，第五八頁及其下。

和獨特智慧的天賦。」[72]波特萊爾一段出人意料的評論聽起來就像是這段自白的回聲。這段評論針對的是福樓拜的第一個女英雄。「在她旺盛的精力之中，在她曖昧的目標和最深的夢裡，包法利夫人仍具有一個男人的特質，像從宙斯腦袋裡蹦出來的雅典娜一樣，這種奇特的陰陽人在一個迷人的女人的身體裡灌注了陽剛氣質的誘惑力。」[73]關於作者本人他寫道：「所有受過教育的女人都應該感謝他把一個『小女人』抬升到這樣的高度……他讓她置身於一種雙重性中，從而塑造了一種完美的人性：既會做夢又會算計。」[74]波特萊爾以其得心應手的突然之舉，把福樓拜的小資產階級主婦抬高到一個女英雄的位置上。

「在波特萊爾的作品中有許多重要的、甚至不容忽視的事實仍未引起人們的注意，其中之一便是在《佚詩集》（*Épaves*）中連在一起的兩首女同性戀詩的對立傾向。〈累斯博斯〉（Lesbos）是同性愛的頌歌，〈被詛咒的女人〉（即〈德爾菲娜與伊波利特〉）卻相反，是對這種衝動的詛咒，儘管本質上的同情使這種衝動表現得生機勃勃。

公正和不公正的法律有什麼裨益？
心地高尚的處女們，小島的榮耀，

瞧，你們的宗教也是莊嚴的，
地獄和天堂裡的愛情都會冷笑！[75]

這是第一首詩裡的句子。在第二首詩裡，波特萊爾寫道：

墮落下去吧，下去吧！可憐的犧牲者，
墜入到通往永劫不復的地獄的道路上去吧。[76]

這種驚人的分歧或許可以解釋如下。正如波特萊爾沒有把同性戀看作一種社會問題或肉體問題，他在真正的生活中對它本沒什麼一定的態度。他在現代主義構架中為它留了位置，但卻沒有在現實中認識它，難怪他無動於衷地寫道：「我們知道一些

72 引自梅拉爾，《放蕩女人的傳說》，巴黎，第六五頁。
73《全集》，第二卷，第四四五頁。
74《全集》，第二卷，第四四八頁。
75《全集》，第一卷，第一五七頁（中譯從錢氏譯本）。
76《全集》，第一卷，第一六一頁。

寫作的女性慈善家……共和主義的女詩人，未來的女詩人，她們必定是傅立葉主義者或聖西門主義者[77]。但我們永遠也不能使眼睛習慣於這些一本正經、令人厭惡的行為……對這些陽剛氣質褻瀆的模仿。」[78]如果我們認為波特萊爾在作品裡公開擁護女同性戀就錯了。波特萊爾曾要求他的代理人在《惡之華》受審時提出訴訟便證明了這一點。在他看來，社會的排斥和這種熱情的英雄本性是不可分割的。「墮落下去吧，下去吧！可憐的犧牲者」是波特萊爾寫給女同性戀者的最後詩句。他把她們遺棄給她們自己的厄運，她們不可能被拯救，因為波特萊爾對她們的概念已經混亂得不可收拾了。

十九世紀時，開始在家庭之外的生產過程中毫無節制地使用婦女。最初它以一種原始方式把她們趕進工廠。它的結果是，隨著時間進展，男性的特徵必然會在這些婦女身上展現，這主要是因為損傷外貌的工廠勞動。生產力的較高形式與政治鬥爭一樣能夠助長一種較文弱的天性中的男性特徵。對維蘇威火山運動或許可以這樣來理解。它為二月革命提供了一支由婦女組成的大軍。「我們把自己稱為維蘇威火山，」它的公告上說：「這就是說，革命的火山在每一位屬於我們這個組織的婦女身上噴發著。」[79]這種女性天性的改變所表明的趨勢占據了波特萊爾的想像，如果這裡還摻雜著他對懷孕的極端厭惡是不足為奇的[80]。女性的男性化與這種趨勢是一致的，所以波特萊爾贊成這種過程。同時，他嘗試把它從經濟的枷鎖中解放出來，因而他甚至一味地強調性在這種進步裡的重要性。他不能原諒喬治·桑（George Sand），因為她與繆塞的關係敗壞了女同性戀的形象。

波特萊爾對待女同性戀的態度明顯有種「現實主義」的成分，他對待其他事情也有這種特點，這觸動並吸引了一些專注的觀察者，令他們感到好奇。勒美特在一八九五年寫道：「我們讀到了一部充滿技巧和內心意向的矛盾的作品……即便在他最粗糙地描繪最黯然無光的真實細節的時候，他也沉浸在一種精神氛圍之中，這強烈地吸引著我們，使我們脫離了事物加於我們的直接印象。……波特萊爾把女人看作奴隸或動物，但他卻以對待聖母同樣的尊敬提起她們……他詛咒進步，厭惡這個世紀的工業，但他欣賞這種工業給當代生活帶來的特殊的風味……我相信這種獨特的波特萊爾主義是兩種對立的反應方式不斷結合的產物……這兩種方式我們不妨稱

77 這可能暗指戴馬爾的《我的未來法律》。

78《全集》，第二卷，第五三四頁。

79《一八四八年共和國時期的巴黎。城市歷史建設與圖書展覽》，巴黎，一九〇九，第二八頁。

80 一八四四年的一個片段（《全集》，第一卷，第二一三頁）用在這裡很恰當。在波特萊爾的一幅著名的畫裡，他的女房東的步態極像一個孕婦的樣子。這可以證明他的反感。

為過去的方式現在的方式。這是意志的不朽傑作，是激情生活領域裡的創造。」[81]把這種態度表現為一種意志的偉大成就是波特萊爾的心願。但它的另一面卻是缺乏說服力，缺乏洞見，缺乏穩定性。波特萊爾在他所有激動人心之處都易於突然地、受了驚似地改變，因此，在他生活方式的另一個極端，其景象一定是極富誘惑力的。這種方式像咒語一樣從他許多完美的詩行中散發出來，它在有些地方還念叨著自己的名字：

瞧，那運河邊
沉睡的航船
心裡都想去飄流海外；
為了滿足你
區區的心意，
它們從天涯海角駛來。[82]

這段著名的詩句裡有種搖擺的韻律；它的動作與在運河裡疾速行駛的船隻應和。波特萊爾渴望像船一樣享有在兩個極端之間搖擺的特權。船隻出現在被他幽深、隱祕而自相矛盾的夢的意象所籠罩的地方。「這些漂亮的大船躺在靜靜的水中，令人難以察覺地搖晃著，這些結實的船看上去那麼懶散，那麼懷舊，它們難道不是在用沉默的表達方式問我們：我們什麼時候出發去尋找幸福呢？」[83]在這些船隻身上，準備就緒的極端努力與一種漠然的神情結合在一起，這為它們蒙上了一層神祕的色彩。同樣的，在一個特殊的星宿上，偉大與消極也會在人類身上相遇，這個星宿支配了波特萊爾的一生。他把它譯解出來，稱之為「現代主義」。當他在船隻停泊在港灣的景象裡迷失了自己的時候，他就是這樣做的。他這樣做是為了從中引申出一種寓意。英雄像這些船隻一樣牢靠、精巧而又諧調，但是遼闊的公海只能徒然地向他召喚，因為他的生活被一顆災星支配著。現代主義最終證明是他的厄運。現代主義中並沒有提供英雄，這種類型沒有用處。它把他永遠拴在安全港裡，把他拋給永恆的怠惰。如此一來，英雄，他最後的精神體現，顯得像一個花花公子。如果誰碰上這些人物中的某位，看到他們的每個姿態都非常完美（多虧他們的力量和沉著），他一定會自言自語道：「他可能是個有錢人；但他肯定是個從來不幹活兒的

81 勒美特，《當代作家》，巴黎，一八九五，第二九頁及其下。
82《全集》，第一卷，第六七頁（中譯從錢氏譯本）。
83《全集》，第二卷，第六三〇頁。

海克力斯。」[84]他似乎由他的巨大支撐著。因而可以理解，有些時候波特萊爾覺得他的漫遊和他詩中力量的發揮具有某種相同的尊嚴。

在波特萊爾看來，那種紈袴子弟像是某個偉大祖先的後裔。對他來說，紈袴子弟的作風是「墮落時代的英雄主義的最後閃光」[85]。他在夏多布里昂（Chateaubriand）的作品裡發現了一些關於印度的紈袴子弟的情況，這使他大為高興。事實上，我們必須了解，這些在花花公子身上結合起來的特徵帶著非常明確的歷史烙印，他們是那些領導世界貿易的英國人一手創造出來的。遍布全球的貿易網操縱在倫敦證券交易所的人手裡，這個羅網的末稍感知著最變化多端、最頻繁、最預想不到的顫動。一個商人必須對此作出反應，但他絕不能當眾暴露他的反應。他們透過巧妙的訓練克服了這一矛盾。他們把一種極度緊張而迅速的反應與一種鬆弛甚至是懶散的舉止和面部表情結合在一起。一度被視為時髦的痙攣便是這個難題笨拙、低水準的表現。下面這段話很具啟發性：「一個優雅的人的面部必須總帶點痙攣和扭曲。如果你願意，這種怪相就能被人歸為某種天生的窮凶惡極。」[86]這正是巴黎常逛林蔭大道的人眼裡的倫敦紈袴子弟的形象，同時也是波特萊爾腦中的紈袴子弟的外貌映像。他對紈袴子弟作風的喜好是不成功的。他沒有取悅人的天賦，而這在紈袴子弟的不取悅人的藝術裡是一種非常重要的東西。他反反覆覆地想著他的事情，他生來不得不成為一個乖僻的怪人，這使他陷進了深深的孤獨。他最終愈來愈難於接近，也變得愈來愈落落寡合。

與戈蒂埃不同的是，波特萊爾在這個時代裡找不到任何他喜歡的事物，他又與勒康·德·利爾不一樣，他不會欺騙自己。他不像雨果或拉馬丁那樣具有人道主義理想，可他又沒能像魏爾蘭（Verlaine）那樣轉而投身於宗教信仰。由於他對任何事情都無法確信不疑，他便自己想出一種又一種新的形式。遊手好閒者、流氓、紈袴子弟以及拾荒者，所有這些都是他的眾多角色。由於現代英雄根本不是英雄，他又扮演起英雄來。英雄式的現代主義最終落到悲劇的下場，這裡面也包括了英雄的部分。波特萊爾在〈七個老頭〉一詩中的一個引人注目的地方半隱藏地表明了這一點。

某日早晨，當那些浸在霧中的住房
在陰鬱的街道上彷彿大大地長高，

84《全集》，第二卷，第三五二頁。
85《全集》，第二卷，第三五一頁。
86 德洛爾德等，《小巴黎》，巴黎，一八五四；卷十，《巴黎，朔望潮》，第二五頁及其下。

就像水位增長的河川兩岸一樣，
當那黃色的濁霧把空間全部籠罩，
變成一幅像演員的靈魂似的布景，
我像演主角一樣，讓自己精神緊張，
跟我已經疲憊的靈魂進行爭論，
在被載重車震得搖動的郊區徬徨。[87]

布景、演員以及主角在這一段以一種明白的方式相會。波特萊爾的同時代人不需要介紹和交代。當庫爾貝（Courbet）畫波特萊爾的時候，他抱怨他的對象每天看上去都不一樣。尚弗勒里（Champfleury）說波特萊爾簡直能像戴著枷鎖的逃犯一樣變換面部表情[88]。瓦萊在他那篇惡意的悼文裡更是極盡尖刻挖苦之能事，稱波特萊爾為一個蹩腳的戲子（cabotin）[89]。

然而在波特萊爾用盡的面具後面，他心中的詩人一直隱姓埋名。他在私人交往中每每擺出一副挑釁的樣子，但在工作中他卻謹慎小心。隱姓埋名是他的詩的法則。我們可以把他的作詩法比作一幅大城市的地圖，人們能夠在房屋、通道和院落的掩護下不引人注意地四處走動。在這張地圖上，詞句的位置被清清楚楚地指明，就像一場暴動開始前密謀者們的位置被指出了一樣。波特萊爾和語言本身一同密謀策劃，他一步一步地計算它們的功效，他總是避免在讀者面前暴露自己，這早已引起一些有能力的觀察者的特別注意。紀德就注意到波特萊爾詩中的意象與客觀對象之間非常有計畫的不和諧[90]。里維埃（Riviére）曾強調波特萊爾往往從生僻邊遠的詞著眼，小心翼翼地處理它們，好似他正一心一意地帶它們朝客觀對象接近[91]。勒美特談到他構築了一種形式以便控制感情的爆發[92]，而拉弗格則強調波特萊爾的那種冷笑，它像一個在字裡行間闖蕩的不速之客，給那些抒情者帶來假象。拉弗格引了一句「夜像一道隔閡愈來愈厚」[93]，並加上一句：「我們還可以找到許多其他的

87《全集》，第一卷，第一〇一頁。
88 參見尚弗勒里，《青年的回憶和肖像》，巴黎，一八七二，第一三五頁。
89 見比耶，《戰鬥的作家》，據《狀況》重印，巴黎，一九三一，第一八九頁。
90 參見紀德，作品同上，第五一二頁。
91 參見里維埃，《研討》，巴黎，一九四八，第一五頁。
92 參見勒美特，作品同上，第二九頁。
93 拉弗格，《遺著匯編》，巴黎，一九〇三，第一一三頁。

例子。」[94]

把詞彙劃分成適用於振奮人心的演說的一類和被這類所排斥的另一類，這種做法普遍影響了詩的創作，同時它一開始對悲劇產生的影響並不比對抒情詩產生的影響小。在十九世紀的前十年，這種風氣有其難以扼制的力量。當勒布倫（Lebrun）的《熙德》（*Cid*）上演時，臥室（chambre）一詞招來一片非難的議論。維尼翻譯的《奧賽羅》演出失敗，因為手絹（mouchoir）這個詞所指的東西似乎不能為一齣悲劇所容忍。雨果首先動手鏟除文學中口語詞彙與高尚的演說詞彙之間的差別，聖—伯夫緊跟著也這樣做。德洛爾姆（Joseph Delorme）生前曾作過這樣的表白：「我曾試圖走出自己的路，寫得樸素、不拘泥、寫出獨創性。我用它們本身的名字來稱呼那些生活裡固有的事物，但這樣做使我離小棚屋近了，卻離閨房遠了。」[95]波特萊爾繼承了雨果語言上的激進主義和聖—伯夫的田園詩的自由。他的意象由於其低劣的比喻對象而顯得非常獨特。他站在瞭望塔上尋找陳腐平庸的瑣碎枝節以便使它們接近詩的場合。他說：「駭人的夜晚，模糊的恐懼壓迫著／我的心，像揉皺的一片紙。」[96]這種語言的姿態是藝術家波特萊爾的典型特徵，它只有在寓言家看來才真正重要。這使他的寓言帶有某種混亂的特質，從而使他的寓言與一般的類型有所區別。勒默西埃（Lemercier）是伴著這種寓言居住在帕爾納斯（Parnassus）的最後一人；新古典主義文學便這樣跌落到它的最低點。波特萊爾與此毫不相干。他大量地運用寓言，把它們置於某種語境之中，從而在根本上改變了它們的性質。

94 從這大量的例子裡不妨再引幾句：

我們一路上把祕密的歡樂偷嘗
拚命壓榨，像壓榨乾癟的香橙。
（《全集》，第一卷，第一七頁）

自豪的乳房像一個美麗的大櫥。
（《全集》，第一卷，第六五頁）

遠處的雞啼劃破長空的迷霧
彷彿吐血的血泡將啜泣噎住。
（《全集》，第一卷，第一一八頁）

她那披著一團濃密烏黑長髮的
戴著珍貴的首飾的頭
就像毛茛似的擱在床頭櫃上面。
（《全集》，第一卷，第一二六頁）

95 聖—伯夫，《德洛爾姆的生活、詩和思想》，巴黎，一八六三，第一卷，第一七〇頁。

96 《全集》，第一卷，第五七頁。

《惡之華》是第一本不但在詩裡使用日常生活詞彙而且還使用城市詞彙的書。波特萊爾從不迴避慣用語，它們不受詩的氛圍的約束，以其獨創的光彩震懾了人們。他常常使用 油燈、馬車、或是公共車，遇見借債單、反光鏡和道路網這類詞也不退縮。讓某種寓意在沒有預先準備的情況下突然出現是抒情詞彙的特性。如果我們說我們隨處都能領會波特萊爾的語言精神，那麼我們往往是在這種唐突的巧合中將它捕獲的。克洛岱爾（Claudel）對此有一個確切無疑的說明，他說波特萊爾把拉辛的風格與一個第二帝國的新聞記者的風格融為一體[97]。他的語彙裡沒有一個詞是預先為寓意而準備的。一個詞是在一種特殊的情況下，視其包括的內容，視其將要偵察、圍攻和占領的主題的順序而被賦予這種任務的。波特萊爾稱寫詩為一種「奇襲」（coup de main），在這種奇襲裡，寓言是波特萊爾可靠的心腹，它們是極少數准許參與機密的人。在死神或回憶、悔恨或邪惡出場的地方往往是他的詩的戰略中心。這些形象在文中閃電般的出現可由大寫字母加以識別；他的詩文對最平庸、最被視為禁忌的詞毫不鄙棄，這一切暴露了波特萊爾幕後的那隻手。他的技巧是暴動（putsch）的技巧。

波特萊爾歿世幾年後，布朗基以一樁可資紀念的功績為自己密謀者的一生舉行了加冕式。那是在行刺努瓦爾（Victor Noir）之後。布朗基想清點一下他的部隊的編制。他只認得他的那些中隊長，而其餘的人裡有多少認得他卻難以確定。他與格朗傑（Granger）聯繫，這位副手組織了一次布朗基主義者的檢閱。熱弗魯瓦這樣描寫這場檢閱：「布朗基全副武裝地離開家，走時與他的姊妹們道別，隨後來到他在香榭麗舍大道上的閱兵點。根據他與格朗傑的議定，這支以布朗基為其神祕總司令的隊伍將要通過檢閱。他認得那些首領，現在，他可望看到在那些首領身後邁著正步從他面前走過的人們。布朗基不露任何蛛絲馬跡地舉行了他的這次檢閱。這位老人倚著一棵樹，站在與他同樣在觀看這一奇特場面的人群中，密切注意著他的那些朋友，他們排成行列向前進，靜靜地走著，夾雜著一些不斷被呼喊聲打斷的低語。」[98]波特萊爾的詩裡便包含了使這類事情得以發生的力量。

有幾次，波特萊爾試圖從密謀者身上找出現代英雄的形象。他在二月革命期間寫信給治安委員會說道：「別再來什麼古羅馬歷史了！今天的我們難道不比布魯圖（Brutus）更偉大嗎？」[99]比布魯圖更偉大無疑就是說不如他偉大。因為當拿破崙三世上台時，波特萊爾並沒有在他身上想起凱撒。在這一點上，布朗基比他高明。但

97 引自里維埃，作品已註，第一五頁。
98 熱弗魯瓦，《囚徒》，巴黎，一八九七，第二七六頁及其下。
99 引自克雷佩，《波特萊爾》，巴黎，一九〇六，第八一頁。

他們兩人的共同之處要比兩人之間的差別來得更為深刻：那種頑固不化和煩躁不安，他們義憤的力量和他們的仇恨，還有他們與生俱來的虛弱無力。在一著名的詩句裡，波特萊爾輕鬆愉快地向這個世界訣別，因為在這個世界裡，「行動並不是夢想的姊妹」[100]。然而他的夢並沒有像他那樣將他拋棄。布朗基的行為是波特萊爾的夢想的姊妹，他們兩人互相盤繞在一起。他們是巨石上一雙互相盤繞的手，在這塊巨石下面，拿破崙三世埋葬了六月戰士們的希望。

100《全集》，第一卷，第一三六頁。

第二部

論波特萊爾的幾個主題

一

波特萊爾面對的是讀抒情詩有困難的讀者，《惡之華》的引言詩就是寫給這些讀者的。意志力的力量和集中精神的本領不是他們的特長，他們偏愛的是感官的滿足；他們與扼殺興趣和接受度的「抑鬱」脫不了關係。碰上這麼一位會與回報最少的讀者攀談的抒情詩人真是奇怪。當然對此自有解釋。波特萊爾渴望被人理解；他把自己的書獻給了類似的人。〈致讀者〉的那首詩以這樣的致意結尾：「虛偽的讀者——我的同類，我的兄弟！」[1]我們不妨從另一方面著眼：波特萊爾從開始寫這本書時就未曾指望立即獲得通俗的成功。這樣說可能更合適。他所面對的讀者在引言詩裡被描繪出來，這就顯出一種有先見之明的判斷。他最終要找到他作品所針對的讀者。這種境況，換句話說，這種事實上正變得愈來愈不適於抒情詩生存的趨勢，在種種事物中已被三種因素證實。首先，抒情詩人已不再表現詩人自己。他已不復為一個「吟遊詩人」，如同拉馬丁一般；他變成了一種風格的代表（魏爾蘭就是這種局限化的具體例子；韓波〔Rimbaud〕也只能被認作一個深奧玄祕的形象，一個作品與公眾之間有段不怎麼親密的距離的詩人）。其次，自波特萊爾以來，大眾的天平就未曾傾向過抒情詩的一邊（雨果的抒情詩在它剛出現的時候還能激起有力的回響。在德國，海涅的《歌謠集》標誌著一座分水嶺）。作為結果，第三種因素是公眾對抒情詩更加冷淡，儘管它是作為文化傳統的一部分而流傳下來的。我們所討論的時期大致可以回溯到上個世紀中葉。在那段時期裡，《惡之華》的聲名正在不斷傳播。這本書預期是要給那些最苛刻的讀者來讀的，一開始讀它的人也的確不怎麼寵愛它；但數十年後，它就獲得了經典的地位，並成為一本廣為印行的書。

如果積極接受抒情詩的條件已經大不如前，那麼有理由認為，抒情詩只能在很少的地方與讀者的經驗產生密切的關係，這或者是由於他們經驗結構的改變。儘管如此，人們仍應該承認這種發展，並且不避艱難地去準確指出在哪方面發生了變化。因此，人們轉向哲學尋求答案，這促使人們反對那種陌生的環境。自上世紀末以來，哲學進行了一系列的嘗試，企圖把握一種「真實」經驗，這種經驗與文明大眾的標準化、非自然化的生活所表現的經驗是對立的。人們習慣性地把這些努力歸在「生命哲學」的標題之下。我們完全可以理解，他們的出發點並不是人在社會中

1 波特萊爾，《全集》，二卷本，巴黎，一九三一—三二，第一卷，第一八頁（以下只註卷碼及頁碼）。

的生活。他們祈求的是詩，更符合人意的自然，不久之前則是神話的時代。狄爾泰（Dilthey）的《體驗與詩》（*Das Erlebnis und die Dichtung*）是這種努力的最早表現，而這種努力終結於克拉格斯（Klages）和榮格，克拉格斯和榮格都在法西斯主義裡找到了共同的動機。這種文學的頂峰是柏格森（Bergson）早期的不朽著作《物質與記憶》（*Matière et mémoire*），它比其他著作更注意維護與經驗研究之間的關係。他更傾向於生物學，書名就暗示了它把記憶結構視為經驗的哲學樣式的決定性因素。經驗的確是一種傳統的東西，在集體存在和私人生活中都是如此。與其說它是牢固地扎根於記憶的事實的產物，不如說它是記憶中積累的、經常是潛意識的材料的匯聚。然而無論如何，柏格森的意圖不是給記憶貼上任何特殊的歷史標籤。相反的，他反對任何記憶的歷史決定論。因此他首先設法闡明那種他自己的哲學據以發展的經驗，或更確切地說，他的哲學是為了對這種經驗起反作用而出現的。這個時代是一個大規模工業化、不適於人居住、令人眼花撩亂的時代。在把這種經驗拒於視線之外的同時，他的眼睛感受到一種以餘像形式出現的、補足性的自然。柏格森的哲學表現出詳細說明這種形象後並把它固定為一種永恆紀錄的企圖。因而他的哲學間接地為經驗提供了線索，而這種經驗也以他的讀者的形象按其未被歪曲的形態呈現在波特萊爾眼前。

二

《物質與記憶》在時間的綿延（durée）中說明經驗的本質，其方式使讀者只能得出這樣的結論：只有詩人才是勝任這種經驗的唯一主體。而真有這麼一位詩人對柏格森的經驗理論加以檢驗。普魯斯特的作品《追憶似水年華》或許被視為企圖在今天的形勢下綜合地寫出經驗的嘗試，這正是柏格森的想像，因為，那種經驗變得自然一些的希望是愈來愈渺茫了。普魯斯特並沒有在他的著作中迴避這個問題，他甚至引入了一個新的因素，包含著對柏格森的一種內在批評。柏格森強調從記憶中出現的生命活動（vita activa）與特殊的生命的沉思（vita contemplativa）之間的對抗性。但他使我們相信，使生命之流的思考現實化是一種自由選擇。從一開始，普魯斯特就很內行地闡述了他的不同意見。對他來說，柏格森理論中的純粹記憶變成了一種非意願記憶（mémorie involontaire）。普魯斯特隨即讓非意願的記憶直接與意願的記憶對立，後者是為理智服務的。他的鉅著的第一頁就是用來澄清這種關係。在這種沉思中，普魯斯特告訴我們，多年來他對曾度過一段童年時光的孔布萊鎮的回憶是多麼貧乏。一天下午，一種叫瑪德蘭（madeleine）的小點心（他之後經常提到它）的滋味把他帶回到過去，而在此之前，他一直囿於聽從注意力召喚的記憶的提示。這被他稱為意願記憶，它的特點是：它所提供的過去的信息裡不包含一點過去的痕跡。「它和我們自己的過去一樣。我們徒然地嘗試再次將它捕獲；我們理智的努力真是枉費心機。」[2]因此普魯斯特總結道，過去是「非理智所能及的某處，並且明白地出現在一些物體中（或在這些物體引起的感覺中），雖然我們並不知道是哪一些物體。而我們能否在有生之年遇上它們，完全仰仗機遇」[3]。

在普魯斯特看來，個體能否形成一種自我形象並把握住自己的經驗要看機遇，但這種事絕非不可避免地要仰仗機遇。人的內在並非是依賴自然而獲得它們毋須爭辯的私人性質，這只有在人以經驗的方式愈來愈無法同化他周圍世界的材料時方才如此。報紙就是這樣無能的諸多證據之一。如果報紙的意圖是使讀者把它提供的信息吸收為自身經驗的一部分，那麼它是無法達到它的目的的。但它的意圖卻恰恰相反，而且這個意圖實現了，這個意圖便是：把發生的事情從能夠影響讀者經驗的範圍裡分離並孤立起來。新聞報導的原則——新聞要新鮮、簡潔、易懂，還有最重要的，即排除單則新聞條目之間的關係——對實現這個意圖的貢獻絕不亞於編排版面的貢獻。（克勞斯〔Karl Kraus〕總是不厭其煩地向人表明報紙的語言用法會使讀者的想像力癱瘓到何等嚴重的程度。）新聞報導與經驗相隔離的另一個原因是，前者並未進入到「傳統」中去。報紙大量出現，沒什麼人還能誇口說他能給其他讀者透露點兒新聞了。

根據歷史而言，多種多樣的傳播模式是互相競爭的。老式的故事被新聞報導代替，被訴諸感官的報導代替，這反映了經驗的日益萎縮。反過來說，有一種與所有這些形式和情節相對立的東西，它是傳播的最古老形式之一。它不是由故事的對象來講述自己所發生的事情——這是新聞報導的目的；相反的，它把自己埋藏在說故事者的生活中，以便把它像經驗一樣傳達給聽故事的人。因此它帶著敘述者特有的記號，一如陶製容器帶著陶工的記號。

普魯斯特的八卷著作表明了他要在這一代人面前重新樹立說故事的人的形象之意圖。普魯斯特以無比的堅韌從事這項工作。一開始他著力於再現自己的童年。他認為問題是否能根本解決要看機遇，而他的確淋漓盡致地展現了它的艱鉅。在結合這些思考時，他連結起「非意願的」和「記憶」這兩個詞。這個概念本身說明了它

2 普魯斯特，《追憶似水年華》，卷一，《斯旺家那邊》，巴黎，一九一七，第六九頁。

3 普魯斯特，同上。

從而產生的情境；它是在許多方面孤立的個體的財產清單的一部分。在嚴格意義上的經驗之中，個體的過去的某種內容與過去聚合的事物（材料）結合。他們的慶典、儀式，他們的節日（很可能普魯斯特的著作裡並沒有這些回憶）不斷地製造出這兩種記憶成分的混合體。它們在某一時刻打開了記憶的閘門，並在一生的時間裡把握住回憶。如此一來，意願記憶和非意願記憶就不再是互相排斥的了。

三

為更具體地說明普魯斯特的《智性的記憶》（*mémoire de l'intelligence*）中作為柏格森理論的副產品出現的東西，我們最好還是回到佛洛伊德。一九二一年佛洛伊德出版了他的論文《起越快樂原則》，它以一種假設的形式表現出記憶（非意願記憶意義上的記憶）與意識之間的關聯。以下在這個基礎上討論的東西並不是想強調它；我們只有遠離佛洛伊德的寫作意圖來研究這個假設的成果才會使自己滿意，佛洛伊德的學生們就更樂於這樣做了。雷克（Reik）一些有關自己的記憶理論的文章與普魯斯特對於意願記憶和非意願記憶的區分是一致的。雷克寫道：「回憶

（Gedächtnis）的功能是印象的保護者；記憶（Erinnerung）卻會使它瓦解。回憶本質上是保存性的，而記憶是消解性的。」[4]佛洛伊德的基本思想，即這些議論的基礎是由這個假定闡明的：「意識只在有記憶痕跡的地方出現。」[5]（這裡，佛洛伊德文章中使用的記憶和回憶之間並無實質性的差別。）所以，「意識與所有發生在精神系統的事物不同，它的興奮過程並不在它的成分中留下一種內在變化，而是在成為有意識的現象中消亡。這是意識的特殊性質。」[6]這個假設的基本準則是：「進入意識和留下一個記憶的蹤跡在同一個系統中是不能兼容的兩個過程。」[7]反之，當遺留下的某樁小事永遠也無法進入意識時，記憶的殘片「經常是最有力、最持久的」[8]。用普魯斯特的方式說，這意味著只有那種尚未明確、有意識地體驗過的東西才能成為非意願記憶的組成部分。根據佛洛伊德，「作為記憶的基礎的內在痕跡」對於刺激過程的貢獻被「其他的系統」——必須被認為是與意識不同的系

4 雷克，《震驚心理學》，萊頓，一九三五，第一三二頁。
5 佛洛伊德，《超越快樂原則》，維也納，一九二三，第三一頁。
6 佛洛伊德，同上書，三一頁及其下。
7 佛洛伊德，同上書，第三一頁。
8 佛洛伊德，同上書，第三〇頁。

統——儲存了起來。在佛洛伊德看來，這樣的意識怎麼也得不到記憶蹤跡，但卻另有一個重要的功能：抑制興奮。「對於一個生命組織來說，抑制興奮幾乎是一個比接受刺激更為重要的功能，保護層備有它本身的能量儲備，它必然力求維護一種能量轉換的特殊形式，在保護層中，它的能量抵制著外部世界過度運作的能量的影響，而這種影響會導致潛在力的同等化，因而導致毀滅。」[9]這些能量對人的威脅也是一種震驚。意識愈快將這種能量登記註冊，它們造成傷害的後果就愈小。精神分析理論力圖「在它們突破防護層對抗刺激的基礎上」理解這些對人造成傷害的震驚的本質。根據這種理論，震驚在「對焦慮缺乏任何準備」[10]中具有重要意義。

佛洛伊德的研究是由突發精神病患者的夢的特徵引起的。這種病的特徵是患者重演他本人被捲入的災禍。按佛洛伊德看來，這類夢境「竭力透過發展焦慮而回溯地竭力支配刺激，而那種焦慮的漏洞正是傷害性精神病的原因」[11]。瓦萊里似乎有類似的看法。這巧合是值得注意的，因為瓦萊里對在當前條件下的心理機制的特殊功能深感興趣。（瓦萊里甚至還能使這種興趣與他完全是抒情風味的詩作相一致。因此他作為唯一直接返歸波特萊爾的詩人脫穎而出。）瓦萊里寫道：「人對印象與感覺的接受完全隸屬於驚奇的範疇，它們證明了人的一種不足……回憶是一種基本的現象，它旨在給我們時間來組織我們對原本缺乏的刺激的接受。」[12]對震驚的接受由於有處理刺激、回憶、夢境等方面的訓練而變得容易了。因而佛洛伊德認為，不管怎樣，作為一條規則，這種訓練是在清醒的意識之上發展起來的，它位於皮層的某個部位，這皮層「如此經常受到刺激的打擊」[13]，以致它提供了接受刺激的最好條件。震驚就是這樣被意識壓抑、迴避，這為事件帶來了一種嚴格意義上的體驗特徵。如果它直接納入有意識的記憶的登記註冊中，它就把這個事件帶給詩的經驗封閉起來。

這個問題本身提示了抒情詩如何能把以震驚經驗為標準的經驗當作它的根基。一個人可能會期待這樣的詩具有大量的意識內容；他會覺得有一個計畫在寫作中起作用。在波特萊爾的詩裡的確如此，這使他與他的前輩中的愛倫．坡建立起一種關係，在他的後繼者中與瓦萊里建立起關係。普魯斯特與瓦萊里有關波特萊爾的思考神奇地互相補足。普魯斯特曾寫了一篇關於波特萊爾的文章，其重要性甚至超過了

---

9 佛洛伊德，同上書，三四頁及其下。
10 佛洛伊德，同上書，第四一頁。
11 佛洛伊德，同上書，第四二頁。
12 瓦萊里，《全集》，巴黎，一九六〇，卷二，第七四一頁。
13 佛洛伊德，《超越快樂原則》，第三二頁。

他小說中的類似思想。瓦萊里在〈波特萊爾的地位〉一文中提供了《惡之華》的經典引言。他寫道：「波特萊爾的問題在於：做一個偉大的詩人，但既不是雨果又不是拉馬丁，也不是繆塞。我並不是說這是波特萊爾有意識的野心；但它一直縈繞著他，這是他的『國家大計』（Raison d'état）。」[14]把國家大計用在一個詩人身上有些奇怪，對此要作些說明：亦即擺脫經驗的束縛。波特萊爾的詩擔負著一種使命。他發現了一個空曠地帶，並用自己的詩填補了它。他的作品不能像任何其他人的作品一樣僅僅屬於歷史的範疇，但它卻願意如此，而且它也就是這樣看待自己的。

四

震驚的因素在特殊印象中所占的成分愈大，意識也就愈堅定不移地成為防備刺激的擋板；它的這種變化愈充分，那些印象進入經驗（Erfahrung）的機會就愈少，並傾向於滯留在人生體驗（Erlebnis）的某一時刻的範圍裡。也許這種防禦震驚的特殊成就可以從它的功能領會，它能指出某個事件在意識中的確切時間，其代價則是喪失意識的完整性。這是理智的一個最高成就；它能把事件轉化為一個曾經體驗過的瞬間。如果沒有深思熟慮，那麼除了突然的開始——它往往是驚嚇的感覺（根據佛洛伊德），這證明了防禦震驚的失敗——便什麼也沒有了。波特萊爾在一個刺眼的意象中描繪了這種境況。他談到一場決鬥，其中那個藝術家在即將被打倒之前驚恐地尖叫起來[15]。這次決鬥本身是一種創造性的過程，因此波特萊爾把震驚經驗放在他的藝術作品的正中心。這幅被幾個同時代人確證的自畫像具有極大的重要性。既然波特萊爾自己暴露於震驚，那麼他不例外地會引起驚恐。瓦萊斯訴我們他怪癖的愁苦表情[16]，在納吉奧（Nargeot）所繪的畫像的基礎上，蓬馬爾丹（Pontmartin）確立了波特萊爾嚇人的外表；克洛岱爾強調了他言語中尖刻的特點；戈蒂埃談到波特萊爾背誦詩時喜歡在字下面畫橫線[17]；納達爾描繪了他痙攣的步態[18]。

精神病學了解導致精神傷害的種種類型。波特萊爾的精神自我和肉體自我力求迴避震驚，不管它來自何方。震驚的防衛以一種搏鬥的姿態被圖示出來。波特萊爾

14 參見《惡之華》導言，瓦萊里作。
15 引自雷諾，《波特萊爾》，巴黎，一九二二，第三一七頁及其下。
16 參見瓦萊斯，〈波特萊爾〉，見貝耶，《戰鬥的作家》，巴黎，一九三一，第一九二頁。
17 參見馬桑，《布爾熱的手杖和菲林特的正確選擇，優雅的小勞動者》，巴黎，一九二三，第二三九頁。
18 參見梅拉爾，《智慧之城》，巴黎，一九〇五，第三六二頁。

描繪了他的朋友吉斯，當他來訪時巴黎正在沉睡：「他如何站在那兒俯身於桌前，仔細審視一張白紙，專心得就像白天時處理身邊的事情；他如何以他的鉛筆、鋼筆和刷子向前刺去，把玻璃杯裡的水噴向天花板，在襯衣上試驗他的筆；他如何疾速而又專注地忙於工作，好像害怕他的意象會棄他而逃；因此，即使在他獨自一人的時候他也是好鬥的，他得躲開來自自己的攻擊。」[19]在他的詩〈太陽〉開頭的詩節裡，波特萊爾描繪了他自己埋頭於這種幻想的搏鬥；這或許是《惡之華》中唯一一處表現詩人在工作的地方。

> 沿著古老的市郊，那兒的破房
> 都拉下了暗藏春色的百葉窗，
> 當毒辣的太陽用一支支火箭
> 射向城市和郊野、屋頂和麥田，
> 我獨自去練習我奇異的劍術，
> 向四面八方嗅尋偶然的韻律，
> 絆在字眼上，像絆在石子路上，
> 有時碰上了長久夢想的詩行。[20]

震驚位於那些被認為對波特萊爾的人格有決定意義的重要經驗之列。紀德曾經研究過波特萊爾的詩的意象和觀念，詞與事物之間的裂隙，而這些地方才真正是波特萊爾的詩激動人心之處[21]。里維埃曾指出動搖波特萊爾的詩的隱匿的震驚；它們造成了詞語間的裂縫。里維埃曾指出這類分裂的字詞[22]。

但有誰知道我夢中的鮮花能否在
像堤岸一樣被沖刷的泥土中，
找到那給予它力量的神祕的滋養？[23]

或者：

19《全集》，第二卷，第三三四頁。
20《全集》，第一卷，第九六頁。
21 參見紀德，〈波特萊爾與法蓋〉，見《選集》，巴黎，一九二一，第一二八頁。
22 參見里維埃，《論著》，巴黎，一九四八，第一四頁。
23《全集》，第一卷，第二九頁。

西貝爾，誰愛它們，增加她翠綠的清新？[24]

另外一個例子是這著名的第一句：

那個你嫉妒的寬宏大量的僕人。[25]

同樣給予這些在他的詩行之外隱藏著的法律所應得的地位，是波特萊爾的散文詩《巴黎的憂鬱》的意圖。在他的全集中獻給《快報》主編烏薩耶的題詞中，波特萊爾寫道：「在我們當中有誰不曾在一個躊躇滿志的時刻夢想一種詩的散文的奇蹟，夢想那沒有節奏和韻律的音樂，明快流暢而又時斷時續，足以適於靈魂抒情激蕩、夢的起伏和意識的突然跳躍？這種縈繞不去的理想最重要的是大城市經驗的孩子，是無數的關係相互交錯的孩子。」[26]

這段話給我們兩個啟示。其一是，它告訴我們在受驚形象和與大城市的群眾交往之間，在波特萊爾身上留下何種緊密聯繫。其二是，它告訴我們這些群眾真正意味著什麼。他們並不為階級或任何集團而生存；不妨說，他們僅僅是街道上的人，無定形的過往人群[27]。波特萊爾總是意識到這種人群的存在，雖然它並未被用作他哪一部作品的模特兒，但它作為一種隱蔽的形象，在他的創造性中留下了烙印，正如它為前面所引的那些詩句提供了隱蔽的形象。我們可以從中分辨出劍術師的形象；他所加諸的每一擊是要為自己在大眾中打開一條路徑。〈太陽〉的作者把市郊作為自己的逃路，而市郊無疑是荒漠。但隱蔽的形象（它揭示出那節詩最深處的美）很可能是這樣的：詩人在荒漠的街道上，從字詞、片段和句首組成的幽靈般的大眾中奪取詩的戰利品。

五

大眾——再也沒有什麼主題比它更吸引十九世紀作家的注目了。它已準備好以

24《全集》，第一卷，第三一一頁。
25《全集》，第一卷，第一一三頁。
26《全集》，第一卷，四〇五頁及其下。
27 遊手好閒者真正的特殊意義是給這個人群賦予了一個靈魂。他會不厭其煩地講述自己的經驗，說他所遇到的人是有靈魂的。對這種幻覺的某種反映是波特萊爾作品的一個內在組成部分。它時至今日仍不失其活力。羅曼的一致主義（ananimisme）便是它日後令人欽佩的體現。

一種能夠流暢地閱讀的公眾形象出現在廣泛的社會階層中。它變成了一個顧客；它希望自己在當代小說中被描繪出來，就像聖徒在中世紀的繪畫中被畫出來一樣。這個世紀最成功的作家們在自身的內在需要之外遇到了這種要求。對於他們，大眾意味著——幾乎在古典的意義上——顧客群、公眾。雨果是第一個在他的書名中提及大眾的人；《悲慘的人們》（通譯《悲慘世界》），《海上勞工》。在法國，雨果是唯一一個得以完成小說系列的作家。像一般人知道的那樣，歐仁·蘇是這一風格的能手，此類型開創了表現街上行人的傳統。在一八五〇年他以壓倒性的多數當選巴黎市議會的議員。年輕的馬克思選擇蘇的《巴黎的祕密》作為攻擊的對象並不是偶然的，他很早就覺察到，鍛造那種不成形的大眾是他的任務，這種大眾後來是美學社會主義所追求的，它變成對無產階級的嘲弄。恩格斯的早期著作，無論他怎樣謙虛，應看作是馬克思的一個主題的序曲。在恩格斯的《英國工人階級的現狀》一書中他寫道：「像倫敦這樣的城市，就是逛上幾個鐘頭也看不到它的盡頭，而且也遇不到通往伸手可及的開闊田野的些許徵象——這樣的城市是非常特別的。這種大規模的集中，二百五十萬人口如此聚集在一個地方，使這二百五十萬人的力量增加了一百倍……但是，為這一切付出了多大的代價，這只有在以後才看得清楚。只有在大街上擠上幾天，費力地穿過人群，穿過沒有盡頭、絡繹不絕的車輛，只有到過這個世界的貧民窟，才會開始覺察到，倫敦人為了創造充滿他們城市的一切文明奇蹟，不得不犧牲他們的人類本性的優良特點……這種街頭的擁擠中已經包含著某種醜惡的、違反人性的東西。難道這些群集在街頭、代表各階級和各等級的成千上萬的人，不都具有同樣的特質和能力，同樣是渴求幸福的人嗎？……可是他們從彼此身旁匆匆走過，好像他們之間沒有任何共同的地方。好像他們彼此毫不相干，只在一點上建立了默契，就是行人必須在人行道上靠右邊行走，以免阻礙迎面走來的人；沒有人會以眼光向別人致敬。愈多這種人聚集在一個小小的空間裡，每個人在追逐私人利益時的這種可怕的冷漠，這種不近人情的孤僻就愈使人難堪，愈是可怕。」[28]

這描述與那些出自較次要的法國大師諸如戈朗（Gozlan）、德爾沃、呂蘭（Lurine）的描述明顯不同。它沒有那種遊手好閒之徒藉以在人群中活動和新聞記者渴望從那裡學得的技巧和輕鬆。恩格斯被大眾弄得灰心喪氣，他以一種道德反應和一種美學反應親作答覆；人們彼此匆匆而過的速度擾亂著他。他的描述的魅力在於使一種過時的觀點與不可動搖的批判的正直性結合起來。作者來自當時仍處於分

28 恩格斯，《英國工人階級的現狀》，萊比錫，一八四八，第三六頁及其下。

裂狀態的德國；他大概從沒有面對過使自己迷失在人流裡的誘惑物。當黑格爾在他去世前不久第一次來到巴黎時，他寫信給他的妻子：「當我沿街散步時，人們看上去與在柏林的人一樣；他們穿同樣的衣服，面孔也差不多相同——同樣的外表，但卻是一大群的。」[29]在這個人群中活動是巴黎人的本性。不管一個個體與之保持多大的距離，他仍會被人群塗上顏色，而且他們不像恩格斯能站在人群之外來看它。對於波特萊爾，大眾絕不是外在的；確實，在他的作品中追蹤他對吸引和誘惑的防衛反應是很容易的。

大眾成為波特萊爾的一部分，以致在他的作品裡很少能夠找到對於它的描述。他最重要的主題很少以描述的形式出現。由於德雅爾丹（Paul Desjardins）如此善於這樣做，他「更接近於把形象嵌入記憶之中，而非精心修飾它」[30]。在《惡之華》或《巴黎的憂鬱》裡很客易找到那種雨果拿手的城市描繪的對應物。波特萊爾既不寫巴黎人也不寫城市，這樣的描繪的高明之處在於它能夠藉此說彼。他的大眾總是城市裡的大眾，他的巴黎也總是人口過剩。這一點使他優於巴比埃，後者的描述方法導致了大眾與城市之間的裂隙[31]。《巴黎場景》（*Tableaux parisiens*）中，大眾的祕密現身幾乎在哪裡都是可證明的。當波特萊爾把黎明當作他的主題時，荒涼的街道散發出「沉默的人群」，雨果在夜間的巴黎也覺察到了這種東西。當波特萊

29 黑格爾，《全集》，第十九卷，《書信》，萊比錫，一八八七，第二五七頁。

30 德雅爾丹，〈波特萊爾〉，見《藍色街道》，巴黎，一八八七，第二三頁。

31 巴比埃的方式典型地表現在他的詩〈倫敦〉裡，這首詩用二十四行句子描繪了倫敦，由以下這樣笨拙的句子結尾：

> 最終，伴著巨大而陰沉的雜物堆，
> 一個發黑的人，在寂寂中生與死。
> 千萬種生命，循著命定的本能，
> 以或善或惡的手段追逐金子。
> （巴比埃，《抑揚格與詩》，巴黎，一八四一）

巴比埃立場傾向的詩，尤其是倫敦組詩《傳染病院》，比一般人樂於承認的程度更深刻地影響了波特萊爾。波特萊爾的〈黃昏的微光〉是這樣結尾的：

> 他們氣數已盡，走向共同的深淵；
> 病房裡充斥著他們痛苦的呻吟。
> 就在今晚，有些人再也回不到愛人的身邊，
> 在爐火邊喝著香噴噴的湯。

不妨把這個結尾與巴比埃的〈紐卡斯爾的未成年人〉的第八段作一比較：

> 有些人在心裡夢到了家中，
> 甜蜜的家和妻子湛藍的眼睛，
> 在深淵的深處找到了永恆的墳墓。

爾注視著滿布塵埃的塞納河岸上待售的解剖學著作的標籤時，死去的大眾取代了這些頁面上的單一骨架。在這種「死神之舞」的形象裡，他看見了擁擠的大眾在晃動著。組詩〈小老太婆〉繼續他們的輪唱，枯萎的老女人的英雄主義表現在她們獨立於大眾之外，不再保持它的步態，不再讓思想參與當前的事情。大眾是激動的面紗；波特萊爾透過它認識了巴黎。大眾的出現決定了《惡之華》中最著名的一部分作品。

在十四行詩〈致一位交臂而過的婦女〉中，大眾根本沒有名字，不管是一個名字還是一句話。然而這整首詩繞著它轉動，就像一隻行駛中的小船的航線由風而定。

大街在我們的周圍震耳欲聾地喧嚷。
一位瘦長、苗條、哀慟、高貴的
婦人走過，用她泰然自若的手
莊嚴地撩起她那飾著花邊的裙裳；
溫文而高尚，以一種雕像的姿態。

從她那孕育著風暴的灰色天空
一般的眼中，我像瘋狂者渾身顫動，
暢飲銷魂的溫柔和那迷人的歡樂。

電光一閃……隨後是黑夜！——你迅速的一瞥
突然使我如獲重生；消逝的麗人，
難道除了在來世，就不能再見到你？

去了！遠了！太遲了！也許永遠不可能！
因為今後的我們彼此都行蹤不明，
儘管你已經知道我曾經對你鍾情！[32]

一個罩在寡婦的面紗下的陌生女人被大眾推搡著，神祕而悄然地進入了詩人的視野。這首十四行詩所講的只不過是：對大眾的體驗遠不是一種對立的、敵對的因

32《全集》，第一卷，第一〇六頁（中譯據錢氏譯本）。

素，正是這個大眾給城市居民帶來了具有強烈吸引力的形象。使城市詩人愉快的是愛情——不是在第一瞥中，而是在最後一瞥中。這是與詩中著迷的片刻相吻合的永遠的告別。因而十四行詩提供了一種真正悲劇性的震驚的形象。但詩人的激情的本質也被感動。波特萊爾說，使他的身體在顫抖中抽蓄的——像一個精神失常的人一樣抽蓄——並不是那種每一根神經都漲滿了愛的神魂顛倒，相反的，它像那種能侵襲纏繞一個孤獨男人的性的震驚。如蒂博代指出的，「這些東西只能在大城市裡寫出來。」[33]這一事實並不十分有意義。他們揭示了大都市的生活使愛蒙受的恥辱。普魯斯特是在這種洞見中讀這首十四行詩的。因而他把那招魂的標題〈巴黎女人〉作為回聲給予那個悲慟的女人，她是他在一天早上遇到的、以阿爾貝蒂娜的面目出現的女人。「當阿爾貝蒂娜再次進入我房裡時，她穿了件黑緞衣服。這使她顯得蒼白，她屬於那種激烈但卻蒼白的巴黎女人的類型，這些女人總得不到新鮮空氣，生活在大眾中，或許還在一種墮落的氣氛中深受影響。這類人如果臉上沒有脂粉，只消這麼一眼就能認出來。」[34]這便是只有城市居民才能體驗的愛的對象的樣子，即使像普魯斯特這麼晚近的人也看到了它。波特萊爾認為他的詩擄獲了這種愛，而人們往往認為這是不需有的滿足，而不是得不到的滿足[35]。

六

波特萊爾翻譯的一篇愛倫．坡的小說可視為以大眾為主題的早期作品的經典例子。它以某種獨特性為標誌，只要進一步審視，就可以看到這種獨特性暴露了某種力量和隱藏的深度的社會力的種種面向，我們必須把這些方面作為能夠獨自對藝術作品產生微妙而又深刻影響的因素而加以考慮。小說題為〈人群中的人〉。故事發生在倫敦，敘述者是一個久病之後重又回到喧鬧擁擠的城市去冒險的男人。在一個秋日的傍晚時分，他安坐在倫敦一家大咖啡館的窗子後面。他掃視著其他客人，望

33 蒂博代，《內在世界》，巴黎，一九二四，第二二頁。

34 普魯斯特，《追憶似水年華》，卷六，《囚犯》，巴黎，一九二三，第一三八頁。

35 有關一個交臂而過的婦人的母題也出現在格奧爾格早年的一首詩。詩人忽略了重要的事情：即那婦人穿過人潮，並在其中由人群推擠向前，結果不免是一首自我意識的輓歌。詩人的一瞥——他因而必須向他的女士坦白——已經「轉向別處，在他們還未能將你吞沒的時候／已被期待的淚水沾溼」。格蓋奧爾格，《讚歌，朝聖，阿爾加巴》，柏林，一九二二。波特萊爾則無疑看到了過往者眼睛的深處。

著報上的廣告出神，但他的興趣卻主要集中在窗外街亭上蜂擁而過的熙熙攘攘的人群。「街道是城市的主要通道，一整天都擁擠不堪。但是，當黑暗降臨，擁擠程度便驟然增加；而當路燈朗照的時候，絡繹不絕的稠密人流便衝過門口。我從來不曾在夜晚這個特殊時分，坐在這樣一個位置上；喧囂如海的人頭使我產生了一種妙不可言的新奇的衝動。我終於把所有要照管的東西都交給旅館，在外面盡情地享受這景象給我的滿足。」這段話非常重要，這對敘述者來說只是一個序幕，但讓我們拋開他來檢驗一下故事的背景吧。

愛倫．坡所描繪的倫敦人群的面貌就像人頭頂上的煤氣燈一樣幽暗而飄忽不定，這不僅適用於當黑夜降臨時「從他們的窩裡爬出來」的底層市民。那些地位較高的雇員們，那些「牢靠的商號的上流職員們」，愛倫．坡是這樣描寫的：「他們的腦袋都微禿，長期夾鋼筆的右耳有種與直立敬而遠之的古怪習慣。我發現他們總是用雙手脫帽戴帽。他們揣著懷錶，金質的錶鏈很短，但樣式莊重古老。」他對於人群行動的描述更加驚人。「絕大多數行人有滿足的、公務在身的表情，而且好像只想著走出擁擠的人群。他們皺著眉頭，眼睛飛快地轉動著；在被其他行人衝撞時，他們從不表現任何不耐煩，而是整理一下衣服，繼續匆匆向前。還有另一類為數不多的人，他們的行動煩躁不安，臉色紅脹，口中念念有詞，並向自己做各種手勢，彷彿因為周圍的人太擁擠而感到孤獨。當這些人受阻不能前進，他們便突然停止嘀咕，但手勢倒增多了一倍，嘴上掛著莫名其妙、不合時宜的微笑，等著阻礙他們向前走的人的路線。如果遭推擠，他們便向推擠的人拚命鞠躬致意，給人一種慌亂得不知所措的印象。」[36]人們也許認為愛倫．坡說的是半醒半醉的可憐人，可實際上，他們是「貴族、商人、律師、經紀人和金融界人士」[37]。

愛倫．坡的表現手法不能稱之為現實主義。他在運用這種手法時有意展現出一幅變形的想像，這使得作品與人們通常所提倡的社會現實主義模式相去甚遠。巴比

36 這段文字在〈雨天〉中有一段對應的詩句。儘管它署名另一個名字，但這首詩肯定是波特萊爾寫的。最後一段替這首詩染上了極度陰鬱的色彩，它在〈人群中的人〉裡有份精確的摹本。愛倫．坡寫道：「煤氣燈的光線在與快要消失的白晝的搏鬥中，最初是蒼白柔弱的，如今在範圍上終於占有優勢，把周圍的一切都投上了恰到好處、光彩耀人的光芒。一切都是昏暗的，但卻輝煌璀燦——像是被用來比喻德爾圖良風格的烏檀木。」

37 馬克思眼裡的美國形象與愛倫．坡的描寫非常接近。他強調一種「物質生產的狂熱和充滿青春活力的節奏」。他批評這種節奏，因為事實上，在那裡「既沒有時間，也沒有機會廢除舊的精神世界」（馬克思，《路易．波拿巴的霧月十八日》，作品已註，第三〇頁）。波特萊爾曾描繪在黑暗中，邪惡的魔鬼們在如何像黑暗般降臨，「像實業家一樣睜開睡眼」。〈黃昏〉中的這幾句或許是被愛倫．坡的作品激發靈感的。

埃或許是人們心目中這類現實主義的最好代表，他描寫事物的方式不那麼乖僻。另外，他選擇了一種更明朗的主體：被壓迫的大眾。愛倫．坡與此毫不相干；他與「人民」打交道，純粹而又簡單。他們所展現的場面對於他，就像對於恩格斯一樣，帶有某種威脅性。而恰恰是這個大城市的大眾的形象對於波特萊爾來說具有決定性的意義。如果他屈從於那種力量，被那種力量拉進他們中去，甚至像一個遊手好閒者那樣成為其中的一員，那麼他就再不能使自己擺脫掉那種根本上的非人性的組成性質了。儘管他與他們分離了，但他還是變成了他們的同謀。他如此之深地捲進他們中間，卻只為了在輕蔑的一瞥裡把他們驅逐到忘卻中。他謹慎地承認了這種矛盾心理，這裡有某種強迫性的東西，或許那首〈黃昏的微光〉如此難以理解的魅力就在於此。

七

波特萊爾認為，把愛倫．坡的敘述者窮形盡相地描繪出來的夜間倫敦的「人群中的人」與「遊手好閒者」相提並論是頗恰當的[38]。這個觀點難以被接受。人群中的人絕非遊手好閒者。在人群中的人身上，沉靜讓位給狂暴行為。他舉例說明道，一旦人喪失了他所屬的環境，就不得不成為一個遊手好閒者。如果倫敦曾經給予他什麼，那肯定不是愛倫·坡所描繪的背景。相對而言，波特萊爾的巴黎倒保留了一些喚起幸福的往日時光的特點。在日後拱橋跨過塞納河的某些地方，當時仍有渡船往來。波特萊爾去世那年，仍有些承包商為了投合富人的舒適，而用五百輛馬車在全城繞行。拱廊街能使遊手好閒者不致暴露在那些全然不把行人放在眼裡的四輪馬車的視野中，它自始至終受到歡迎[39]。行人讓自己被人群推撞，但遊手好閒者卻需要一個回身的餘地，並且不願放棄雅士們悠閒之樂的生活。讓大多數人忙於他們的日常事務吧；閒暇者如果無處可去的話，可以陶醉於遊手好閒者的晃蕩中。他在這種完完全全的閒暇中與那種狂熱的城市喧囂中同樣被拋了出來，無處可去。倫敦有自己的人群中的人，與這種人相應的是南特男孩（費迪南），一八四八年三月革命

38 參見《全集》，第二卷，第三二八—三三五頁。

39 漫步者知道怎樣不失時機、挑釁地表現一下他們對事物的漠不關心。一八四〇年左右，有一小段時間帶著烏龜散步成了一種時尚。遊手好閒者樂意讓烏龜為自己定邁步的速度。如果他們真能為所欲為，他們會迫使發展也調整到這個速度。不過這種態度沒能風行，倒是宣揚「打倒懶漢」的泰勒在當時走紅。

前柏林街角上常見的形象；而巴黎的遊手好閒者可謂居於二者之間[40]。

閒暇者如何看待大眾，這在霍夫曼最後所寫的題為〈街角窗裡的表弟〉的短篇小說裡表現得清清楚楚。它比愛倫．坡的小說早十五年，或許位居最早試圖捕捉大城市街頭景象的小說之列。兩者間的不同值得注意。愛倫．坡的敘述者從咖啡館的窗後觀察，而那個表弟卻待在家裡。愛倫．坡的觀察者惑於景象的吸引，最終聽任自己走出去，捲進了大眾的漩渦。霍夫曼的表弟從他的街角窗戶看出去，像個癱瘓者似的動彈不得，即使他身在大眾中也不會跟隨他們。他對大眾的態度不如說是居高臨下，這像是由他在公寓大樓窗戶裡的觀察位置決定的。從這個制高點上，他仔細地審視著人群；這是個市集日，人人都適得其所。他的歌劇望遠鏡能讓他挑選出一些個人風格的畫面。這個儀器的使用全然取決於使用者的內在安排。他承認[41]，他喜歡教客人如何掌握這門「看的藝術的原則」[42]。這包含了一種欣賞活人畫（tableaux vivants）——一種比德邁（Biedermeier）時期流行的消遣——的能力。啟發人心的話為我們提出了解釋[43]。人們不妨把這種敘述看成一種在此後付諸行動的企圖。但顯然柏林這個環境妨礙它獲得完全的成功。如果霍夫曼曾在巴黎或倫敦駐足，或者如果他一直致力於描繪大眾，那麼他就不會只集中在一個市場；他就不會把景色描繪得好像是由女人牽著鼻子走，他或許會抓住那種愛倫．坡從煤氣燈下蜂擁而過的大眾那裡得來的主題。事實上，如果為了描繪出那種其他大城市的人相學學生也能感受到的離奇場面，也許就無需這些主題了。海涅（Heine）的一段慎思的觀察用在這裡很貼切。一八三八年一位記者在給瓦恩哈根（Varnhagen）的信中寫道：「春天的景象給海涅帶來了極大的苦惱。上次我與他一起沿著林蔭大道散步，那條奇特的大道的宏偉和它的生機喚起我無限的仰慕，但這時卻有些東西使海

---

40 閒暇者在格拉斯布萊納的人物裡像是「市民」（citoyen）微不足道的後裔。南特，這個柏林街角上的男孩沒有什麼理由可以激勵自己。他使自己在街頭就像在家裡一樣，街頭自然不會把他引向任何別的地方，他在這裡就像庸俗的人在家的四壁中一樣舒服自得。

41 霍夫曼，《選集》，第十四卷，《生活與遺產》，卷二，斯圖亞特，一八三九，第二〇五頁。

42 導致這種自白的東西很值得注意。在霍夫曼的小說裡，來訪者說那個表弟注視樓下的紛擾忙亂只是由於他欣賞那種色彩變幻的遊戲，在長途旅行時，他說，這肯定讓人厭倦。此後不久，果戈理以同樣的格調寫到了烏克蘭的一場火災：「那麼多人在路上跑著，簡直讓人的眼睛暈眩。」活躍的人群的日常景象使人的眼睛不得不首先適應這個畫面。從根本上說，一旦人的眼睛把握了這個任務，它們就會樂於找機會試驗一下它們新獲得的技能。在這個意義上說，印象主義的繪畫技巧——由色彩的狂歡組成畫面——作為某種經驗的反映早已為大城市居民的眼睛所熟悉。莫內的《大教堂》的畫面像一堆密密麻麻的石頭，它可以作為這種假設的圖解。

43 霍夫曼在小說裡有許多啟發人心的反思，比如對抬頭望著天空的瞎子的反思。波特萊爾知道這篇小說，而且還在他的詩裡修飾這種啟發性的內容。〈盲人〉的最後一行這樣寫道：「盲人們在天空裡尋找什麼？」

涅強調了一種恐怖，這個世界的中心所沾染的那種恐怖。」[44]

八

害怕、厭惡和恐怖是大城市的大眾最早觀察它的人心中引起的感覺。在愛倫．坡看來它有些野蠻；紀律只能勉強使它馴服。此後，恩索爾（James Ensor）不屈不撓地使紀律與野性相遇。他喜歡把軍隊放進他狂歡的人群中去，並且讓二者相處得極為融洽——在典型的極權國家裡，警察和強盜是攜手合作的。瓦萊里敏銳地看到了所謂的「文明」的症候群，並描繪出其中一樁有關的事實。他寫道：「住在大城市中心的居民已經退化到野蠻狀態——也就是說，他們都是孤伶伶的。那種由於生存需要而保有的依賴他人的感覺逐漸被社會結構磨平了。這種結構的每一點進展都排除掉某種行為和情感的方式。」[45]。安逸把人們隔離開來，而在另一方面，它又使醉心於這種安逸的人們進一步機器化。十九世紀中葉鐘錶的發明所帶來的許多革新只有一個共同點：手突然一動就能引起許多一系列的程序。這種發展在許多領域裡出現，其中之一是電話，抓起聽筒的動作取代了老式手搖曲柄的規律動作。在不計其數的撥、插、按以及諸如此類的動作中，按快門的結果最了不得。如今，用手指觸一下快門就使人能夠不受時間限制地把一個事件固定下來。照相機賦予瞬間一種追憶的震驚。這類觸覺經驗與視覺經驗結合在一起，就像報紙的廣告版或大城市交通給人的感覺一樣。在這種來往的車輛行人中穿行，把個體捲進了一系列的驚恐與碰撞中。在危險的穿行裡，神經緊張的刺激急速地、接二連三地通過身體，就像電池裡的能量。波特萊爾說一個人鑽進大眾中就像鑽進蓄電池中。他稱這種人為「一個裝備著意識的萬花筒（kaleidoscope）」[46]。當愛倫．坡的行人東張西望，他只顯得漫無目標，然而當今的行人卻是為了遵照交通指示而不得不這樣做。從而，技術使人的感覺中樞屈從於一種複雜的訓練。不知從什麼時候開始，一種對刺激的新的急迫需要被電影滿足。在一部電影裡，震驚作為領悟的形式已被確立為一種正式的原則。那種在傳送帶上決定生產節奏的東西也正是人們感受到的電影的節奏的基礎。

馬克思很有理由強調體力勞動各部分之間的關係的巨大流動性。這種關係以一

44 海涅，《書信．日記》，俾伯編，柏林，一九二六，第一六三頁。

45 瓦萊里，《全集》，第五八八頁。

46《全集》，第二卷，第三三三頁。

種獨立的、具體化的形式在生產線上向工廠工人顯現出來。要被加工的物體專橫地進入又跑出工人的工作區域，完全不依賴他的意志。馬克思寫道：「任何一種資本主義生產……在這一點上是共同的，那就是並非工人使用勞動工具，而是勞動工具使用工人。但是只有在工廠系統內，這個轉變才第一次獲得了技術的和極其明瞭的真實性。」[47]在用機器工作的時候，工人們學會了調整他們自己的「動作，以使同一種自動化的統一性和不停歇的動作保持一致」[48]。這些話揭穿了愛倫・坡想加諸於大眾的荒謬的統一性——那種行為和打扮的統一性，以及面部表情的統一性。那些微笑給思想提供了糧食。他們或許是同一類，即所謂「面帶微笑」的一類，在那種境況裡他們起了類似震驚吸收器的作用。上面那段文章說到：「所有的機器工作需要先對工人進行訓練。」[49]這種訓練和練習不同。練習是技術中唯一的決定因素，仍然是一種製造業的職責。以此為基礎，「產品的每一個特殊部分都能在經驗中找到固有的技術形式，並慢慢地熟練它」。可以肯定的是，「一旦當它成熟到一定程度，一切就都明朗了」[50]。在另一方面，這種相同的製造業卻「在它所利用的每一種手藝上都製造出所謂的『非熟練工人』這一階層，這個階層是被手工業嚴格排斥在外的。如果它以犧牲一個人的勞動能力的整體為代價來使業已極度簡化的分工日臻完善，那麼它也開始把一種任何發展都少不了的缺點注入勞動分工。按照這種等級差別，便有了把勞動者分為熟練的和非熟練的劃分。」[51]非熟練工人是最被機器降級的一部分人。他的工作被經驗拒之門外；練習在那裡是一文不值的[52]。遊樂場用船、電動小車和其他類似的娛樂提供的不過是一種訓練的滋味而已，非熟練工人在工廠中受其支配——某些時候給他們略嘗一口，對他們來說已是整頓大餐了；而成為一個小丑的藝術則能像個遊樂場似的為小人物們提供一個訓練的場所，同時也能使失業者興致勃勃。愛倫．坡的作品使我們懂得了野性與紀律之間的真正關係。他的那些行人表現得彷彿他們已經使自己適應了機器，並且只能機械地表現自己。他們的行為是一種對震驚的反射動作。「如果被人撞了，他們就謙恭地向撞他的人鞠躬。」

47 馬克思，《資本論》，柏林，一九三二，第四〇四頁。
48 馬克思，同上書，第四〇二頁。
49 馬克思，同上書，第四〇二頁。
50 馬克思，同上書，第四〇二頁。
51 馬克思，同上書，第三三六頁及其下。
52 一個產業工人的訓練時間愈短，一個軍人的訓練時間就愈長。把生產實踐的訓練轉移為破壞實踐的訓練，這或許是一個社會的總體戰爭準備的一部分。

九

行人在大眾中的震驚經驗與工人在機器旁的經驗是一致的。這並不是說我們認為愛倫．坡對現代工業生產過程瞭如指掌。無論怎麼說，波特萊爾對此是一無所知的。他被一種過程迷住了，在這個過程中，機器加於工人的手法的映像能夠被仔細地研究，就像在遊手好閒者身上，就像在一面鏡子裡。如果我們認為這個過程是賭博遊戲，結論就會顯得自相矛盾。哪兒還能找到比工作和賭博之間的矛盾更有說服力的例子呢？阿蘭（Alain）下面這段話卻使它令人信服：「賭博的概念本身就有這個意思：沒有什麼賭局得依靠先前的一局。賭博不在乎確實的名次……它對早先贏到的東西是不加考慮的，在這點上，它與工作不同。它漠視沉重的過去，而這正是工作賴以建立的基礎。」[53]在這裡，阿蘭心目中的工作是一種高度專門化的東西（諸如腦力勞動，或許帶著某種手工藝的特點）；這並不是大多數工廠工人的工作，而是那種非熟練工人的工作。這種工作必定缺少冒險的機會，缺少那種讓賭徒著迷的海市蜃樓般飄忽的幻影，不過它肯定不乏忽無用和空虛，以及一個在工廠領工資的奴隸對於完成自己份內之事的無能。賭徒的樣子甚至應和了那種工人被自動化造就出來的姿態，因為所有的賭博都必不可少地包含著下注或抓起一張牌的飛快動作。工人在機器旁搖晃的動作很像賭博中擲骰子的動作。工人在機器旁的動作與前面的動作是毫不相關的，因為後者是前者不折不扣的重複。機器旁的每一個動作都像是從前一個動作照搬下來的，就像賭博裡擲骰子的動作與先前的總是一模一樣，因而勞工單調而辛苦的工作足以和賭徒的相提並論。兩者都同樣缺乏內容。

塞尼費爾德的一幅版畫描繪了一個賭博俱樂部。畫面上的人沒有一個像往常那樣專注於遊戲，他們都被一種情緒支配著。一個人流露出壓抑不住的欣喜；另一個人對他的賭伴疑心重重；第三個人帶著麻木的絕望；第四個人顯得好鬥；剩下的那個人已準備好和人世告別。所有這些舉止神態有個共同的隱蔽特性：畫中的形象展示出賭徒們信奉的機械論是怎樣攫獲了他們的身心，即便他們是在私下裡，不管他們是多麼焦躁不安，他們只能有反射行為。他們的舉動也就是愛倫．坡的小說裡行人的舉動。他們像機器人似地活著，像柏格森虛構的人物一樣，他們徹底消滅了自己的記憶。

53 阿蘭，《理想與時代》，巴黎，一九二七，卷一，第一八三頁及其下。

波特萊爾並不曾熱衷於賭博，儘管他對醉心於此道的人表示過友情般的理解甚至敬意[54]。他在寫夜的小品〈賭博〉裡表現的主題是他對現時代看法的一部分，而且他認為寫這首詩是自己使命的一部分。在波特萊爾的作品裡，賭徒的形象已成為古代劍術師形象的一個典型的現代補充物，兩者對於他都是英雄人物。當伯恩（Ludwig Börne）以波特萊爾的眼睛看事物時他寫道：「如果歐洲年復一年地虛擲在賭桌上的能量和熱情能被保存下來，從中足夠產生羅馬人和一部羅馬史。然而僅僅是如果。因為每個人生來都是羅馬人，資產階級社會卻要使之非羅馬化，這就是為何有那麼多冒險遊戲、小說、義大利歌劇和流行報刊的原因。」[55]只有在十九世紀，賭博才變成一種資產階級的股票娛樂；在十八世紀，只有貴族才賭博。拿破崙的軍隊使各種冒險遊戲傳佈，現在，它們已經成了「時髦生活以及在大城市底層無處安身的千萬人的生活」的一部分，成為一種大場景的一部分，而波特萊爾宣稱他在這個場景裡發現了英雄主義——「它是我們時代的特徵。」[56]

如果有人不僅要從技術上，而且還要從心理學觀點上來考察賭博，波特萊爾關於它的概念就顯得更為重要了。很明顯的，賭徒一心想贏，然而一個人是不願意把他想贏、想賺錢的欲望在嚴格的文字意義上稱為希望的。他可能內在地被貪心或一種更罪惡的決心所驅使。無論怎樣，他的精神狀態已使他不怎麼能運用經驗了[57]。

一個希望，不管怎麼說，是一種經驗，歌德說：「年輕時渴望的東西，年老時會充裕地擁有。」人一生中愈早許願，得到滿足的機會就愈大。希望在時間中走得愈遠，得到滿足的可能也愈大。是經驗伴隨著人在時間中行進，是經驗填充並劃分了時間。因而，一個滿足了的希望是經驗的圓滿的完成。在民間故事的象徵中，空間的距離可以替代時間的距離；這就解釋了為什麼那些墜入無限空間的流星會成為滿足了的希望的象徵；而滾入下一個格子的象牙球、平放在最上面的下一張牌都恰好是流星的對比。在流星衝入閃光的瞬間裡包含的一段時間，正如儒貝爾在他習慣性的斷言中的描述：「時間即便在永恆中也能找到；但這已不是地球上的、世界上的時間了……那種時間不會毀滅，它只是完成。」[58]這是地獄中的時間的對立面，在

54 參見《全集》，第一卷，第四五六頁；及第二卷，第六三〇頁。

55 伯恩，《全集》，漢堡與法蘭克福，一八六二，第三八頁及其下。

56《全集》，第二卷，第一三五頁。

57 賭博使經驗的標準無效。或許正由於這種隱晦的意義，那種「對經驗的庸俗喜好」在賭徒中頗為盛行。賭徒就像城市居民說「我的款式」那樣說「我的數目」。在第二帝國晚期這種姿態流行起來。打賭助長了這種趨勢。打賭是透過某種安排和設置使事件帶著一種震驚的色彩，從而把它們從經驗的環境中分離出來。對於資產階級來說，甚至政治事件也可以恰當地以賭桌上的突發事件的形式表現出來。

58 儒貝爾，《通感的預見》，卷二，巴黎，一八八三，第一六二頁。

地獄裡，不允許人們完成任何他們已經開始做的事情。賭博遊戲之所以聲名狼藉是基於這個事實：玩遊戲的人自己是這個遊戲的一部分。（而一個不可救藥的樂透彩老主顧卻不會像一個嚴格意義上的賭徒那樣被剝奪公民權。）

一切周而復始正是遊戲規則的觀念，就像幹活拿工資的觀念一樣。因而，波特萊爾的「中間人」如果看上去像是賭徒的伙伴的話，那是很有意義的：

記住，時間是一個狂熱的賭徒，總是贏
卻從來用不著欺詐——這是規律！[59]

在另一處，撒旦本人取代了這個中間人[60]。〈賭博〉一詩把那些迷戀賭博的人放逐到山洞靜寂的角落去。那裡無疑是詩人的天地的一部分。

這裡你看見地獄一般的景象，那是一個夜晚，
在夢中我看見它在我超凡的雙目前展開；
在這安靜的洞中那拐角的深處，
我看見我自己，躬著身，寒冷，陰沉，嫉妒，

嫉妒那些人堅韌的熱情。[61]

詩人並沒有加入這場賭局，他縮在他的角落裡，一點也不比那些玩著的人高興。他同樣被騙取了他的經驗——他也是一個現代人。僅有的不同是，他反抗那種賭徒們所尋求的麻醉。賭德們用這種麻醉來淹沒那種被移交給中間人的意識[62]。

59《全集》，第一卷，第四九頁。

60 參見《全集》，第一卷，第四五五—五九頁。

61《全集》，第一卷，第一三〇頁。

62 賭博對經驗的麻醉效果首先是針對時間的，就像那種人們誤以為可以減緩痛苦的疾病一樣。時間是一種材料，而賭徒變幻不定的幽靈就在其中翻騰。熱努亞在《夜晚的死神》中寫道：「我宣布在所有的熱情之中，賭博的狂熱是最神聖的，因為它包括了所有其他的熱情。一系列碰運氣的動作帶給我的快樂比一個非賭徒在整整一年裡能有的快樂還多……如果你認為我只關心落進我腰包的金錢你就大錯特錯了。我在這裡面找到了我將要征服的快樂。我全身心地完完全全地享受著這種快樂。它們來得太快了，絕不會讓我感到疲憊；它們的種類也太多了，絕不會使我感到厭倦。我在這一種生活裡過著幾百種生活。當我旅行時我就像一道電流那樣旅行。如果我很吝嗇，把我的銀行存款也用來賭博，那是因為我知道時間的價值太美好，我不能像其他人那樣用它來進行投資。我准許自己享有的快樂會讓我以千百種其他的享受為代價。我有智慧的快樂，其他我什麼也不要。」法朗士在他的作品裡對賭博也有相似的觀點。

然而我的心在戰慄著——在嫉妒那些可憐的人們
正在狂亂地奔向陡嶺的深淵，
血液的奔突把他們灌醉，寧要
不幸但不要死亡，寧要地獄但不要虛無!![63]

在這最後一段，波特萊爾把焦躁不安作為賭徒熱情的深層基質描繪出來。他在自身裡，在其最純粹的形式中找到了它。他的暴躁脾氣是喬托（Giotto）在帕多瓦（Padua）的《伊拉坎迪亞》（*Iracundia*）的最好表現。

十

如果我們信奉柏格森，那麼這就是綿延的現實化，他使人的靈魂擺脫了時間的纏繞。普魯斯特也有這種信念。由此出發，他畢生致力於一種技巧，以便把那些浸透了回憶的往事再現出來。當他逗留在潛意識中的時候，這些回憶曾以它們的方式影響了他的沉思。普魯斯特是《惡之華》無與倫比的讀者，因為他從中領會到一種同類的成分。對波特萊爾的熟悉必然包含了普魯斯特對他的體驗。普魯斯特寫道：「波特萊爾的時間總是奇特地割裂開來；只有極少幾次是展露出來的，它們是一些重要的日子。因而我們就可以理解為什麼諸如『一個晚上』這樣的語句會在他的著作中反覆出現。」按儒貝爾的解述，這些重要的日子便是時間得以完成的日子，它們是回憶的日子，而不為經驗所標明。它們與其他的日子沒有關係，卓然獨立於時間之外。就其實質而言，波特萊爾在「通感」（correspondances）概念裡為它下了定義。在波特萊爾看來，這個概念與「現代美」的概念並列，但卻沒有關係。

普魯斯特在「通感」問題上蔑視學究氣的文學（它是神祕主義的通行內容，波特萊爾在傅立葉的文章中讀到過它們），他不再對聯覺（synaesthesia）條件下的藝術多樣性感到迷惑。重要的是「通感」記錄了一個包含宗教儀式成分在內的經驗的概念，只有透過自己同化這些成分，波特萊爾才能探尋他作為一個現代人所目睹的崩潰的全部意義。只有這樣，他才能從中認識到那種對他才有的挑戰，即他在《惡之華》裡與之聯合起來的挑戰。如果在這本書裡真的有一座隱祕的建築——許多人為此冥思苦想——那麼第一卷的組詩或許是致力於某些無可挽回地失去了的事物。

63《全集》，第一卷，第一一〇頁。

這組詩包含兩首主題相同的十四行詩。第一首題為〈通感〉，開頭是這樣的：

自然是一座神殿，那裡有栩栩如生的柱子
不時發出一些含糊不清的語音；
行人經過該處，穿過象徵的森林，
森林露出親切的眼光對人注視。

彷彿遠遠傳來一些悠長的回音，
互相混成幽昧而深邃的統一體，
像黑夜又像光明一樣茫無邊際，
芳香、色彩、音響全在互相感應。[64]

波特萊爾的「通感」所意味的，或許可以描述為一種尋求在證明危機的形式中把自己建立起來的經驗。這只有在宗教儀式的範圍裡才是可能的。如果它超越了這個範圍，它就把自身作為美的事物呈現出來。在美的事物中，藝術的宗教儀式價值就顯現出來了[65]。

64《全集》，第一卷，第二三頁。

65 美可以透過兩種方式來定義，即透過它與歷史的關係和透過它與自然的關係。在這兩種關係中，美的事物的外表以及它未決的因素都把自己表現了出來。（讓我們簡單地說明一下第一種關係。在歷史存在的基礎上，美是一種與在一個更早的時代欣賞它的東西結合起來的感染力。被感動是一種ad plures ire，羅馬人用它來稱呼死。根據這個定義，美的外觀意味著人們在作品裡找不到欣賞的同一個對象。這種欣賞收獲了先輩們在它裡面注入的欣賞。歌德的話在此說出了智慧的最終結論：「任何具有重大效果的事物都無法估價」。）美與自然的關係可以說「只有在它蒙上一層面紗時它才保持著本質上的真實」。通感告訴我們這層面紗的意味。我們不妨斗膽地簡稱之為藝術作品「複製的一面」。在由通感組成的判決法庭上，藝術的對象被證明是一個忠實的複製品，這無疑使它整個地成問題了。如果誰想用語言來複製這種先驗（aporia），誰就是把藝術定義為在相似狀態下的經驗的對象。這個定義可能與瓦萊里的闡述一致：「或許美要求嚴格摹仿對象中不可定義的東西。」如果普魯斯特這樣迫不及待地回到這個主題（在他的作品中表現為復得的時間），我們不能說他是在談什麼神祕，不如說，這正是他的技巧的特徵；他運用這種技巧反覆不斷地圍繞著美的概念建築他的回憶和思考，在此，美的概念簡而言之就是藝術「奧妙的一面」。他寫出他作品的根源和意圖，其流暢和文雅會使一個精益求精的業餘愛好者受益匪淺。他在柏格森那裡找到了它的對等物。這位哲學家指出，可期待從不間斷的川流中呈現出來的一切事物的視覺的現實化在普魯斯特那裡變成一種氣息的回憶。「我們可以讓我們的日常存在被一種具體化所滲透，從而——這要歸功於哲學——享受到一種類似藝術提供的滿足；但這種滿足對於平常生活中的平凡的人來說卻是更經常、更有規律，也更容易接受的。」瓦萊里的更好的歌德式的理解把它具體化為「這裡」，在此不充分性成為一種真實性，柏格森所看到並觸及到的正是這點。

「通感」是回憶的材料——不是歷史的材料，而是史前背景的材料。使節日變得偉大而重要的是與以往生活的相逢。波特萊爾在一首題為〈過去的生活〉的十四行詩中記錄了這一點。在第二首十四行詩的開頭引出的山洞、植物、烏雲、波浪等意象是從思鄉病的淚水裡，從淚水的熱霧中湧現出來的。「漫遊者凝望淚水模糊了的遠方，歇斯底里的淚水充滿了眼眶」，波特萊爾在他對戴博爾德—瓦爾摩爾（Marceline Desbordes-Valmore）的詩所作的評論中這樣寫道[66]。這裡沒有同時存在的通感，如象徵主義者後來想達到的那樣。往事的喃喃低語或許能在通感中被聽到，而它們的真正經驗則存在於先前的生活中：

破壞者們，在天空搖晃著影子，
神祕而又孤獨地，混合了
他們華麗音樂的有力的和弦
和落日在我眼裡投映的色彩。

我仍然活著……[67]

普魯斯特的重建仍停留在塵世存在的界限內，而波特萊爾則超越了它，這個事實或許可視為波特萊爾所面對的無可比擬的更基本、更強橫的反動力量的徵兆。或許在此他獲得了比他向他們妥協投降時更了不起的完美。〈冥想〉勾勒出深深的天空下面的古老歲月：

看那死去的離去的歲月，
穿著過時的衣服，倚著天空的露台。[68]

在這些段落裡，波特萊爾讓自己向那在過時的偽裝下從他那裡逃走的心靈之外的時間表示尊敬。當普魯斯特在他著作的最後一卷裡轉向那種以一塊瑪德蘭點心的滋味將他圍繞起來的感性時，他把出現在陽台上的時光想像為孔布萊歲月親密的姊妹。「在波特萊爾那裡……這種懷舊甚至為數更多，顯然它們不是偶然的。對我來說，這賦予他們絕對的重要性。再也沒有別人能像他這樣以從容不迫的興致，挑剔然而

66《全集》，第二卷，第五三六頁。
67《全集》，第一卷，第三〇頁。
68《全集》，第一卷，第一九二頁。

又若無其事地捕捉著內在相關的通感——諸如在一個女人的氣息中，在她頭髮或胸脯的芬芳中——這種通感使他寫出了像『蔚藍、廣闊、拱形的天空』或是『充滿桅杆和火焰的港口』這樣的句子。」[69]這些話是普魯斯特作品自白的引用句，它聯繫著波特萊爾的作品，而波特萊爾的作品把回憶的日子匯集進一個精神的年代中。

但如果《惡之華》包含的一切只不過是這個成功，那麼它也就不成其本來面目了。它之所以獨特是因為它能從同樣的安慰的無效、同樣的熱情的毀滅，和同樣的努力的失敗裡扭轉，這些詩無論從哪方面來說也不比那些通感在其中大獲成功的詩更低級。〈憂鬱與理想〉是《惡之華》組詩的第一首。「理想」提供了回憶的力量；而「憂鬱」則召集了大批的第二人來反對它。它是它們的指揮官，一如邪惡是蒼蠅的主子一樣。一首「憂鬱」詩〈虛無的滋味〉寫道：「春天，愛人，失去了芳香。」[70]在這裡波特萊爾極其謹慎地表達了一種極端的東西；這毫無疑問是他特有的。失去一詞宣告了他曾享有的經驗目前正處於崩潰的境地。氣息的光暈無疑是非意願記憶的庇護所。它未必要把自己與一個視覺形象聯繫起來，它在所有的感性印象中，只與同樣的氣息結盟。或許辨出一種氣息的光暈能比任何其他的回憶都更具有提供安慰的優越性，因為它極度地麻醉了時間感。一種氣息的光暈能夠在它喚來的氣息中喚起歲月，這賦予波特萊爾的詩句一種不可估量的安慰感。對於過去正在經驗的人來說，沒有安慰可言。然而一種強烈的感情（如狂怒）的核心正是這種經驗的極度無能。一個發怒的人「什麼也不聽」；他的原形「泰門」（Timon）對人不加區別地發怒；他不再有能力區分他可信的朋友和道德上的敵人。巴爾貝・多爾維利非常透徹地體認到波特萊爾的這種情況，稱他為「一個有阿爾基洛科斯（Archilochus）天賦的泰門」[71]。憤怒的暴發是用分分秒秒來記錄的，而憂鬱的人是這種計時的奴隸。

> 一分鐘一分鐘過去，時間將我吞噬，
> 像無邊的大雪覆蓋一個一動不動的軀體。[72]

這幾行緊接著前面所引的那些句子。在憂鬱中，時間變得具體可感；分分秒秒像雪

69 普魯斯特，《追憶似水年華》，卷八，《復得的時間》，巴黎，一九二七，卷二，第八二頁及其下。
70《全集》，第一卷，第八九頁。
71 巴爾貝・多爾維利，《十九世紀：著作與人》，第一輯，第三部分：「詩人」巴黎，一八六二，第三八一頁。
72《全集》，第一卷，第八九頁。

片似地將人覆蓋。這種時間是在歷史之外的，就像非意願記憶的時間一樣。但在憂鬱中，對時間的理解是超自然地確切的；每一秒都能找到準備插入它的震驚中去的意識[73]。

儘管編年表把規則加於永恆，但它卻不能把異質性的、可疑的片段從中剔除。把對質的認識與對量的測量結合起來是日曆的工作。在日曆上，回憶的場所以節日的形式留給了空白。失去經驗能力的人感到他像是掉進了日曆。大城市的居民在星期日時懂得這種感覺；波特萊爾在一首詩〈憂鬱〉中將它形諸文字：

突然間那些鐘憤怒地向前跳躍，
向天空投以可怕的謾罵，
像遊蕩著無家可歸的靈魂
破碎成頑固的哀號。[74]

鐘，曾是節假日的一部分，像人一樣被從日曆裡拋了出來。它們像不安地遊蕩在歷史之外的可憐的靈魂。如果說波特萊爾在〈憂鬱〉和〈過去的生活〉中把握住了真實歷史經驗的消散的碎片，那麼柏格森在他的「綿延」概念裡就變得與歷史更加疏遠了。「柏格森這個形而上學家避諱死亡。」[75]死亡從柏格森的綿延裡被排除了，這個事實使它有效地獨立與歷史的（同時也是史前歷史的）秩序之外。柏格森的「行動」概念與此一致，「實踐的人」所特有的「健全的常識」是它的教父[76]。把死亡從中排除的綿延有一本可憐的、無窮無盡的名冊。傳統被排除在外[77]。這種綿延是一個正在消逝的瞬間（體驗）的精髓，它披著借來的經驗的外衣，神氣活現地四處炫耀。而「憂鬱」相反，它把正在消逝的瞬間赤裸裸地暴露出來。憂鬱的人驚恐地看到地球回復到原本的自然狀態。沒有史前的氣息包圍著它；壓根兒就沒有氣息。在我剛引的那首詩接下來的〈虛無的滋味〉中的兩句表明了地球是如何出現

---

73 在神祕的〈莫諾與厄那談話錄〉中，愛倫．坡不妨說是突入了空無的時間序列，進入到一種綿延之中；在那個空無的時間序列裡，「憂鬱」的人被拋棄了，而現在他卻擺脫了恐懼，這使他感到狂喜。這是從互相分離的事物中獲得的「第六感」，它表現為一種能力，即便從空無的時間段落中也能抽繹出一種和諧。無疑的，這種和諧非常容易被秒針的節奏毀掉。

74《全集》，第一卷，第八八頁。

75 霍克海默，〈柏格森的形而上學〉，見《社會學年刊》，第三期，一九三四，第三二二頁。

76 柏格森，《物質與記憶》，巴黎，一九三三，第一六六頁及其下。

77 經驗的墮落在普魯斯特的終極意圖的完全實現中向他表明了自己。他透過一種無與倫比的巧創和堅定不移的方式，漫不經心卻又持續不斷地告訴讀者：救贖不過是我個人的展現。

的：

從冥冥高處我看著圓形的地球，
我不再去尋找小屋的蔽護。[78]

十一

如果我們把氣息選定為非意願回憶之中自然地圍繞起感知對象的聯想的話，那麼它在一個實用對象裡的類似的東西便是留下富於實踐的手的痕跡的經驗。建立在使用照相機以及類似的許許多多機械裝置基礎上的技術把意願記憶的領域擴大了，透過這些裝置，它們使得一個事件在任何時候都能以聲、像的形式被永久地記錄下來，因而它們展示出一個實踐衰落的社會的重大成就。波特萊爾對達蓋爾照相機有一種深深的不安和恐懼。他著了魔似地說它極其「嚇人、冷酷」[79]。而他必然感受到了——儘管他肯定沒有看透——我們剛才所說的那種關聯。他總是願意承認現時代的地位，尤其在藝術裡委之以一個重要的功能，這也決定了他對照相的態度。只要他還感到它是某種威脅，他就力圖把它貶為一種「錯誤的進步」[80]；然而他承認這些是「大眾的愚蠢」導致的。「這些大眾要求一個理想來滿足他們的渴望和脾性……他們的牧師被一個復仇的神首肯了，而達蓋爾（Daguerre）成為他的預言者。」[81]然而波特萊爾試圖採取一種較為調和的觀點。照相應該被解放出來，以便申明對生命短暫的事物的所有權。這些事物理應在我們記憶的檔案中占有一席之地，只要它能彌補「無形、虛幻的領域」[82]的不足：「在藝術裡，只有這個領域給人一個地方來儲放他靈魂的印記。」這幾乎像個所羅門的斷言。不斷地準備就緒的意願，東拉西扯的記憶，有機械再生產技術壯膽，縮小了想像力活躍的範圍。這種想像力的活動或許會被定義為某種「美的東西」，它是表達某種特殊的欲望的能力，而這種「美的東西」則被視為這種表達的完成。瓦萊里說明了這種完成的境況：「我們透過這種事實來識別一件藝術作品：它能鼓舞我們的思想，而它建議我

78《全集》，第一卷，第八九頁。
79《全集》，第二卷，第一九七頁。
80《全集》，第二卷，第二二二頁。
81《全集》，第二卷，第二二二頁及其下。
82《全集》，第二卷，第二二四頁。

們採用的行為模式卻不能消耗它或處置它。我們聞一朵花，因為我們喜歡它，它的馨香總是宜人的；我們無法使自己從這種馨香中擺脫，因為我們的感覺被它喚起，沒有任何回憶、任何思想、任何行為模式能抹掉它的效果或把我們從它的掌握中解脫出來。一個把自己的任務定為創作一件藝術作品的人，他處心積慮要達到的正是這種效果。」[83]根據這個觀點，我們所注視的一幅畫反射回我們眼睛的東西永遠不會是它們的全貌。它所包含的對一個原始欲望的滿足正是不斷滋養這個欲望的東西。因此，區別照相與繪畫的東西就很清楚了。沒有適用於兩者的共同的創作原則的原因是：我們的眼睛對於一幅畫永遠也無法滿足，反之，對於相片則像飢餓之於食物或焦渴之於飲料。

以這種方式表明自己的藝術再生產的危機，可視為在感覺自身內的危機的一個內在組成部分。那種使我們在美好之中的歡悅永遠得不到滿足的東西是過去的形象，即波特萊爾認為被懷舊的淚水遮住了的東西。「噢，你就是在時間中從我姊妹和妻子身上消失的東西——歌德」；這種愛情的宣言是那種如此美好的東西所要奉獻的。只要藝術仍以美的事物為目標，並且無論以多麼素樸的規模把它再造出來，藝術就以咒語把它從時間的孕育中召喚出來（像浮士德喚出海倫）[84]。在技術的再生產中已沒有這種情形了（美的事物在那裡沒有立足之地）。普魯斯特抱怨他的意願記憶呈現給他的威尼斯意象貧乏而且缺乏深度，這說明恰恰是「威尼斯」這個詞本身使得意象的內蘊在他看來枯燥乏味得像照片陳列[85]。如果從非意願記憶中出現的意象卓然不凡的特徵在於它的氣息的光暈，那麼照片就是用在「使這種氣息的光暈消失上的」。甚至有人極端地說，往達蓋爾相機裡看讓人不可避免地感到非人性，因為相機記錄了我們的相貌，卻沒有把我們的凝視還給我們。當這個期待被滿足時，就有了一個充分的氣味的經驗。（這在思維過程的情形中可以同樣用於注視心靈的眼睛，用於一個純澈、簡單的一瞥。）「感覺力，」如諾瓦里斯（Novalis）所指出的，「是一種注意力。」[86]由此可知他心目中的感覺力非氣息莫屬。因而，氣息的經驗就建立在對一種客觀的或自然的對象與人之間的關係的反應的轉換上。這

83 瓦萊里，〈前言〉，《法蘭西百科全書》，第十六卷，《當代文學藝術》，一，巴黎，一九三五，一六〇四—〇五其及下。

84 這樣一種成功的瞬間本身就把自己顯示為一種獨特的東西。它是普魯斯特作品的結構設計的根基。那些編年史家能在其中被失去的時間的氣息所打動的每一個情景，因而都被描繪得無可比擬，並從日子的序列中被移開了。

85 參見普魯斯特，《復得的時間》，第二三六頁。

86 諾瓦里斯，《詩集》，柏林，一九〇一，第二部，第二九三頁。

種反應在人類的種種關係中是常見的。我們正在看的某人，或感到被人看著的某人，會同樣地看我們。感覺我們所看的對象意味著賦予它回過來看我們的能力[87]。這個經驗與非意願記憶的材料是一致的。（這些材料非常奇特；它們在試圖保留住它們的記憶中消失。因此，它們為一種氣息的概念提供支持，這種概念包含了「對一個距離的奇特表現」[88]。這個名稱具有澄清這種現象的儀式性質的優越性。實質的距離是無比的；事實上，難以接近正是儀式意象的首要特性。）普魯斯特對氣味問題是多麼熟悉已無須強調。然而仍須注意，有時他間接提到它時，其中包含了他的理論：「喜歡探究奧祕的人總自以為客觀對象中有種注視似的東西落在自己身上。」（這似乎是回報以注視的能力。）「他們相信紀念碑和繪畫只從敬仰的薄紗之下展現出自己，而這層薄紗是那些仰慕者們以幾個世紀的熱愛與敬仰為它們織成的。」普魯斯特含含糊糊地斷言，「只要他們把它與對個體唯一明確的實體，即他的熱情的世界聯繫起來，這個幻想就會變成真的。」[89]瓦萊里把夢中的感覺作為一種氣息的描述與此相似，但由於它的客觀傾向而伸展得更遠。「說『在這兒我看見某某物體』，並沒有在我和物體間建立起一個平等關係……在夢中，不管怎樣，是有一個平等關係的，我所看見的東西像我看見它們一樣看我。」[90]和夢中的感覺同等是教堂的特性，對此波特萊爾說：

人穿行於象徵之林
那些熟悉的眼光注視著他。

波特萊爾對這一現象愈富於直覺的洞見，氣息的消散就愈清楚地在他的抒情詩裡被人感受到。這以一個象徵的形式出現，在《惡之華》中，只要在寫及人眼的注視的地方，我們就幾乎能一成不變地遇到這個象徵。（波特萊爾沒有遵循一些不言而喻的預想計畫。）這其中的意味是，被人的注視喚起的期待並沒有得到滿足。波特萊爾所描繪的那些眼睛使人禁不住要說它們已喪失了看的能力。然而這正賦予它們一種魅力，在更大，或許還更具決定性的程度上說，這種魅力可以作為補償它的本能欲望的一種方式。正是在這些眼睛的咒語之下，波特萊爾筆下的性欲從愛欲

87 這種賦予是詩的源泉。當一個人、動物或一個無生命的對象被詩人如此賦予時抬起他的眼睛，就會把他自己與我們的距離拉開。被喚醒的自然的凝視夢想著，並把詩人拖拉在它的夢想後面。同樣的，詞也可以有它們自己的氣息的光暈。克勞斯這樣描繪道：「人看一個詞時離得愈近，詞回頭注視的距離就愈遠。」

88 班雅明，〈機械複製時代的藝術作品〉，《社會學年刊》，一九三六，第五期，第四三頁。

89 普魯斯特，《復得的時間》，第三三頁。

90 瓦萊里，《選集》，巴黎，一九三五，第一九三頁及其下。

（eros）中分裂出來，如果在〈永生的渴望〉中的詩句：

> 沒有任何距離讓你為難；你飛來，
> 停留在一個魔咒下面（歌德）

必須被視為那種浸透著氣息經驗的愛的古典描繪，那麼抒情詩裡很難再有像波特萊爾的詩那樣的挑戰了。

> 我崇敬你像崇敬夜的天穹，
> 噢，你盛滿憂傷的深深的寧靜，
> 可我更愛你，我的愛人，
> 因為你離我而去又裝飾起我的夜晚，
> 那隔開我的懷抱與藍色天宇的距離，
> 你譏諷似地使它變得更長。[91]

人的目光必須克服的遙距愈深，從凝規中放射出的魔咒就會愈強。在像鏡子般空洞地看著我們的眼睛裡，那種荒漠達到了極點。正是由於這個原因，這樣的眼睛全然不知道距離。波特萊爾在一首精妙的兩行詩裡表現出這種凝視的穩靜：

讓你的眼睛直看進
森林之神和山澤仙女凝視的深處。[92]

女性的森林之神和山澤仙女已不復為人類家庭的成員，這是另一個世界。重要的是，波特萊爾在這首詩中引入了被熟悉的目光（regard familier）的距離所阻礙了的眼睛的注視[93]。這位未能有家庭的詩人使「家」一詞充滿了許諾和拋棄的回味。他自己失落在並未回報他注目的眼睛的魔咒裡，而且無所幻想地屈從於它們的擺布。

你們的眼睛，像商店的櫥窗一樣
被點亮裝飾得燈火輝煌

91《全集》，第一卷，第四〇頁。
92《全集》，第一卷，第九〇頁。
93《全集》，第二卷，第六二二頁。

樹木為眾人的歡慶
用借來的權勢耀武揚威。[94]

波特萊爾在他一部最早的作品中說：「沉悶往往是美的一種裝飾，因此，如果眼睛是哀傷的、半透明的，像幽黑的沼澤，或如果它們的注視油膩呆滯，像熱帶的海洋，那麼我們應歸功於這種沉悶。」[95]當這樣的眼睛活動的時候，它有一種自我保護的警惕，像一隻野獸在搜尋捕食的對象。（因此，妓女的眼睛在仔細打量著行人的同時，也是在防備警察。波特萊爾在吉斯的許多妓女畫像中發現了在這類生活中形成的外貌類型。「她的眼睛像一隻野獸的眼睛，凝望著遠方的地平線；它們有野獸的那種躁動不安……但有時也有動物突然間繃緊的警惕。」）[96]城市居民的眼睛過重地負擔著戒備的功能，這已是明顯不過的事情。西梅爾還提到一些它所承擔的稍稍不那麼明顯的任務。「看得到而聽不到的人比聽得到而看不到的人更不安，這裡包含著大城市社會學特有的東西；大城市的人際關係明顯表現在眼部的活動大大超越耳部的活動。大眾運輸方式是主要原因。在汽車、火車、電車發展的十九世紀以前，人們無法相視數十分鐘、甚至數小時而不攀談。」[97]

在戒備的眼睛裡，白日夢沒有向遙遠的事物投降，墮落到這種放任中甚至讓人感到某種快感。下面這個古怪的句子的意義大概正在於此。在〈一八五九年沙龍〉裡，波特萊爾讓風景畫接受了一次檢閱。在末尾他這樣承認道：「我渴望西洋景再回來，它巨大的殘酷魔力使我受制於一種有用的幻覺的魅惑。我更喜歡看舞台的布景畫，在那兒我看到我酷愛的夢被交給完美無缺的技巧和可悲的簡潔去處理。那些東西完完全全是假的，卻正由於這個原因而更接近於真實，在這裡，我們尊敬的風景畫家們是騙子，卻只因為他們沒能夠說謊。」[98]人們可以傾向於認為「有用的幻覺」比「可悲的簡潔」更重要。波特萊爾堅持距離的魔力，他走得如此之遠，以致他用書市小攤上的繪畫標準來繪製風景畫。他的意思是不是神祕的距離應被刺穿，就像觀看者走近畫好的風景畫時一樣？這在《惡之華》兩行了不起的詩中體現出來：

94《全集》，第一卷，第四〇頁。
95《全集》，第二卷，第六二二頁。
96《全集》，第二卷，第三五九頁。
97 西梅爾，《關係哲學文集》，巴黎，一九一二，第二六頁及其下。
98《全集》，第二卷，第二七三頁。

天邊霧一般的快樂將會消逝，
一如那些翅膀後面的富家女人[99]

十二

《惡之華》是最後一部在全歐洲引起反響的抒情作品；以後再也沒有哪一部作品能超越多少有限的語言範圍而這樣深入人心。再說，波特萊爾在這麼一部作品裡傾注了他幾乎全部的創造力。最後，不能否認他的某些主題——到目前為止的研究是針對它們的——使得抒情詩的可能性引起爭論。這三點事實真實地說明了波特萊爾，它們顯示他沉著地盯住他的目標，並一心一意地獻身於自己的使命。他走得如此之遠，以致他宣稱自己是在「創作陳腐的題材」[100]；在那裡，他看見了每個未來詩人的境況；他對這些不勝任的詩人評價不高。「你喝神仙享用的牛肉茶麼？你吃帕羅斯的炸肉排麼？一把里拉琴在當鋪值多少錢？」[101]對波特萊爾來說，頭戴光環的抒情詩人早成了老古董。在一篇日後發現的散文〈失去的光環〉中，波特萊爾的詩人是一個多餘人。當波特萊爾的文學手稿第一次被審閱時，這篇東西被認為是

「不宜出版」的；至今這篇東西還被研究波特萊爾的學者們所忽視。

「『我看見什麼了，我親愛的伙計？你——在這兒？我在這聲名狼藉的地方找到了你——這個飲著瓊漿玉液、吃著山珍海味的人麼？真的！沒比這更讓我大吃一驚的事情了。』

「『你知道麼，我親愛的伙計，我是多麼怕馬和四輪馬車，剛才我正手忙腳亂地穿過林蔭大道，在這片騷動的混亂中，死亡瞬間從四面八方向你疾馳而來，我只能艱難而笨拙地移動，那光環從我頭上滑落下來，掉在泥濘的瀝青路面上，我沒有勇氣把它拾起來，我覺得失去勳章的傷害比撞斷骨頭還是輕些。甚至我對自己說，每片雲不都有一個銀色的鑲邊麼，現在我可以隱姓埋名地四處走走了，做點壞事，沉醉在庸俗低級的行為中，就像普普通通的人們一樣！』

「『可你應該去為你的光環報失呀，或者去失物招領處打聽一下。』

「『我可不做這個夢。我喜歡這兒，你是唯一認出我的人。另外，尊嚴讓我膩

99《全集》，第一卷，第九四頁。
100 參見勒美特，《現代人、文學研究與肖像》，巴黎，一八九五，第二九頁。
101《全集》，第二卷，第四二二頁。

煩了。我倒樂意想像某個蹩腳詩人拾起它來，毫不猶豫地用來打扮自己。沒什麼東西比讓別人高興更讓我喜歡了——尤其如果那個幸福者是我可以嘲笑的人。畫個X，穿上它；或者畫個Y。不挺滑稽麼？』」[102]

在日記裡能找到同樣的主題；只不過結尾不同。那詩人很快把光環拾了起來，但隨即他卻不安地感到這是一個不祥之兆[103]。

寫下這些片段的人絕非遊手好閒者。他們以一種反諷的形式寫出了與波特萊爾倉促而不加任何修飾地寫進下面這個句子的經驗相同的東西：「迷失在這個卑鄙的世界裡，被人群推搡著，我像個筋疲力盡的人。我的眼睛朝後看，在耳朵的深處，只看見幻滅和苦難，而前面，只有一場騷動。沒有任何新東西，既無啟示，也無痛苦。」[104]在所有構成它這種生活的經驗之中，波特萊爾唯獨挑出他被人群推搡作為決定性的、特殊的經驗。那一片騷動的人群的光輝，它的靈魂，那曾讓遊手好閒者們眼花撩亂的閃亮，對他則顯得昏暗。他為了在自己身上蓋上人群鄙陋的記號而過著那樣一種日子，但在那些日子裡，甚至連被遺棄的女人和流浪漢都在鼓吹一種井井有條的生活，譴責自由派，並反對除金錢以外的任何東西。在被這些最後的同盟者出賣後，波特萊爾便向大眾開火了——帶有人與風雨搏鬥時徒然的狂怒。這便是體驗（Erlebnis）的本質；為此，波特萊爾付出了他全部的經驗（Erfahrung）。他標明了現時代感情的價格：氣息的光暈在震驚經驗中四散。他為讚歎它的消散而付出了高價——但這是他的詩的法則。他的詩在第二帝國的天空上閃耀，像「一顆沒有氛圍的星星」[105]。

102 《全集》，第一卷，第四八三頁及其下。
103 《全集》，第二卷，第六三四頁。
104 《全集》，第二卷，第六四一頁。
105 尼采，《不合時宜的觀察》，萊比錫，一八九三，第一六四頁。

第三部

巴黎，十九世紀的都城

碧水紅花，暮色秀美，佳境宜徜徉。
款款淑女足書戶，戲戲稚女隨其後。

——《巴黎，法國的首都》（一八九七）

一　傅立葉或拱廊街

這些宮殿中神奇的立柱，
左右都是擺設展品的門廊，
它們從各個側面向人們展示
工業與藝術的競爭。

——《巴黎新景象》（一八二八）

巴黎大多數的拱廊街都是在一八二二年後的十五年中出現的。它們出現的第一個條件是紡織品貿易的繁榮。「新商店」（magesins denoureaute），即最初用來儲藏紡織品的設施開始出現，這就是百貨公司的前身。巴爾札克描寫的就是這個時代；「從瑪德蓮到聖德尼城門，展品像一段段色彩斑斕的長詩」。拱廊街是豪華物品的交易中心，它們的構造方式展示了適於為商人服務的「藝術」。當時的人對它們讚歎不已。在以後相當長的時間裡，它們一直對外國人具有吸引力。有一份巴黎導覽圖這樣說：「這些拱廊街是工業奢侈的新發明。它們的頂瑞用玻璃鑲嵌，地面鋪著大理石，是連接一群群建築物的通道。它們是本區屋主們聯合經營的產物。這些通道的兩側排列著極高雅豪華的商店，燈光從上面照射下來。所以，這樣的拱廊街堪稱是一座城市，更確切地說，是一個世界的縮圖。」第一批煤氣燈就是安裝在拱廊街的。

鋼鐵在建築中的使用是拱廊街出現的第二個條件。法蘭西帝國洞察到這項技術對翻新古希臘建築的貢獻。建築理論家博蒂赫爾（Bötticher）表達了一般大眾的信念。他說「這種新的藝術體系的形式對希臘風格的正統原則」一定會顯示出它的力量。帝國是革命恐怖主義的表現方式，對它來說，國家本身便是一種目的。就像拿破崙沒有意識到國家作為資產階級統治工具的功能性質一樣，他的時代裡的建築大師們同樣沒有意識到鋼鐵的功能性質，而建築的原則正是以這種功能性質來統治建築的。建築大師們將頂柱設計成龐貝風洛的圓柱，將工廠設計成住屋的風格，就像後來的第一批火車站模仿瑞士山莊小屋一樣。「建築扮演了潛意識的角色。」儘管如此，最早源自於革命戰爭中的工程師的觀念開始日漸壯大，建築師和裝飾師、技術學派和藝術學派之間的鬥爭也隨之開始了。

人造建築材料隨著鋼鐵第一次在建築史上出現，其發展的節奏在本世紀中加快了。當人們在二〇年代末經試驗證明火車只能在鐵軌上行駛，鋼鐵工業得到了決定性的推動力。鐵軌是最早的鋼鐵建築單位，它們是鋼鐵樑架的先驅。鋼鐵避免被用在住屋建築，而用於建造拱廊街、展覽館、火車站以及那些曇花一現的建築物。同時，玻璃在建築領域的使用範圍擴大了。但它作為一種建築材料而被擴大使用的社會條件是在百年後才出現的。在席爾巴特（Scheerbart）的《玻璃建築》（*Glass Architecture*, 1914）一書中，它仍然出現在烏托邦的上下文中。

每一個時代都夢想著下一個時代。

——米什萊（Michelet），《未來！未來！》

新的生產方式的形式，這個首先要交代的問題仍然由老馬克思決定著，新舊交融的集體意識中的種種意象是一致的。這些意象是一些理想，其中集體的理想不僅尋求美化，而且要超越社會產品的不成熟性和社會秩序的欠缺。在這些理想中出現了要打破過時了的東西的強盛熱望，而過時意味著剛剛過去的。這些趨勢將把那些從新意識中獲得最初刺激的幻想帶回到最初的過去。在每個世紀都在意象中看到下一個世紀的夢幻中，這接續的世紀似乎與背景因素——即無產階級社會相關聯。這種社會經驗在集體無意識中有它們的儲存所，它們與新的意識相作用，產生在生活各方面留下痕跡的各種烏托邦，從堅固耐久的建築到曇花一現的時尚。

這些關係可以在傅立葉設計的烏托邦中看出來。這些關係的最深根源在於機器的出現，但這事實並未在它們的烏托邦言論中直接表達出來。它們既出自商品社會的不道德，也出自為之服務的假道德。法倫斯泰爾（phalanstery）[1]想把人帶回到那些虛浮的道德關係中去。它高度複雜的組織與機器相似。這種感情的重疊，亦即機械的感情（passions mé canistes）和神祕的感情（passion cabaliste）錯綜複雜的結合，乃是以心理學素材所形成的機器為基礎的原始比喻。這種由人構成的機制產生了安樂之鄉，即傅立葉以新生活所充塞的烏托邦的原始意願象徵。

在拱廊街中，傅立葉看到了法倫斯泰爾的建築準則。它們在傅立葉手中倒退的變形是很具特色的；它們最初的目的是致力於社會的終結，但在傅立葉看來，它們變成了居所。法倫斯泰爾式的建築成了由拱廊街組成的城市。傅立葉在帝國狹窄、正統的世界中建立了色彩濃重的比德麥爾（Biedermeier）田園。它逐漸黯淡的光彩一直延續到左拉（Zola）。左拉在他的《工作》（*Travail*）中繼承了傅立葉的思想，

---

1 法倫斯泰爾，法國空想社會主義者傅立葉幻想要建立的社會主義社會的基層組織。——譯者註

誠如他在《泰萊斯・拉甘》（*Thérèse Raquin*）中告別了拱廊街一樣。

馬克思站在傅立葉的立場向格呂恩（Carl Grün）宣戰，強調傅立葉的「人的巨大概念」。他也轉移注意力，研究傅立葉的幽默。事實上，讓・保羅（Jean Paul）在他的《勒瓦納》（*Levana*）一書中，把傅立葉與老師聯繫起來，就像席爾巴特在《玻璃建築》中把他與烏托邦的創始者聯繫起來一樣。

二　達蓋爾或西洋景

太陽，你要小心自己！

——維爾茨（A. J. Wiertz），《文學作品》（巴黎，一八七〇）

隨著鋼鐵在建築中的應用，建築學開始超越藝術；繪畫也同樣超越了西洋景。西洋景的籌備恰好在拱廊街出現之際達到頂峰。為了使西洋景成為完美模仿自然的陣地，人們透過技術手段進行不懈的努力。人們尋求準確地再現鄉村變幻的時光、月亮的升起和瀑布的傾瀉。大衛教導他的學生在大自然中繪製他們的西洋景。當西洋景力爭在它們所描繪的大自然中展示逼真的客觀變化時，它們透過攝影預示了無聲和有聲電影的到來。

與西洋景繪畫藝術同時存在的還有西洋景文學。《一百零一人》、《法國人自畫像》、《巴黎的魔王》、《大城市》等均屬這類文學。這些作品為純文學作品集做了準備。吉拉丹在三〇年代用通俗專欄的形式為之開闢了立足之地。這類作品集由一系列獨立成篇的小品文組成，這些小品文的趣聞雜談形式與塑料製作的西洋景前景相吻合，它們的內容也與西洋景的繪畫背景相吻合。這樣的文學還具有西洋景的社會作用。工人最後一次脫離他的階級，成為「另一個舞台」，出現在田園詩中。

西洋景繪畫標誌著藝術與技術關係中的一次革命，同時也是新的生活態度的表現。在這個世紀中，城市人利用他們的政治優勢，試圖把農村變為城市。在西洋景繪畫中，城市變成了風景畫，猶如後來以更巧妙的方式對待遊手好閒者一樣。達蓋爾是西洋景繪畫師普雷沃（Prévost）的學生，普雷沃從事藝術創作的地方就設在西洋景畫拱廊街，普雷沃和達蓋爾的西洋景畫就在那裡展出。一八九三年，達蓋爾的西洋景畫被焚燒。同年，他宣布發明了達蓋爾相機。

阿拉戈（Arago）在一次集會演說中提到了攝影，並指出它在工業科學史上的地位。他預言了攝影在科學上的應用。藝術家們開始對它的藝術價值展開爭論。攝影導致了微型肖像畫家這一偉大職業的消亡，這並非純粹碰巧是經濟的緣故。早期的攝影在藝術上優於微型肖像畫，技術的原因是曝光時間長，這需要主題部分高度的集中。社會的原因是，早期攝影師屬於西方資產階級藝術中的先鋒派，他們的主顧也大都來自於這一派。當納達爾在巴黎下水道中拍照時，證明了他在同行中的先導地位，於是首次對鏡頭的發明造成了需求。從新的技術和社會現實著眼，當人們對繪畫和素描知識的主觀貢獻愈來愈不可靠時，攝影的意義就更顯重大了。

一八五五年的世界攝影大展第一次舉辦了一個名為「照相藝術」的特別展。同一年，維爾茨發表了他關於攝影的力著。他在書中把攝影視為繪畫的哲學性啟蒙，正像他本人的繪畫所顯示的那樣，他是從政治角度來理解這一啟蒙的。儘管他本人沒有預見，但維爾茨至少可以被確認為第一個要求蒙太奇的人，作為攝影上煽動性的利用。隨著通訊技術的發展，繪畫提供信息的重要性漸漸失去了意義。作為對攝影的反應，繪畫開始注意強調意象的色彩因素。隨著印象派衰落，立體派興起，繪畫為自身開拓了攝影尚無法到達的更為廣闊的領域。攝影也有其得意之時，從上世紀中葉開始，它極大地擴展了自己的社會市場範圍，因為它為市場提供了無數的人物、風景、事件，而這些在過去或者是毫無用途，或者只服務於某些顧客。此外，為了提高銷售量，它還利用各種像相技術的時髦變化，使物體的形態不斷花樣翻新，這種相機技術的變化決定了後來的攝影歷史。

三 格蘭維爾或世界博覽會

啊，當整個世界，從巴黎到中國，
噢，神聖的聖西門[2]，遵循你的教誨，
燦爛的黃金時代就會返歸，
那時的河流流的是茶、巧克力；
烤熟的羔羊在原野上歡躍，
奶油梭子魚在塞納河嬉游；
煮好的菠菜在田野中萌芽，
大量的烤碎麵包片隨之湧出。
樹上結著燉煮的蘋果，
將會有大包大捆的收穫；
美酒如雪般落下，嫩雞如雨，
帶著蕪菁裝飾的鴨子從空中掉落。

——勞格雷與凡德保，《路易—布朗茲和聖西門主義者》（一八三二）

泰納（Taine）在一八五五年說，世界博覽會是人們膜拜商品的聖地，「整個歐洲都去看商品了」。在世界博覽會出現之前，歐洲各國都有自己的工業品展覽會，一七八九年首次舉行於戰神練兵場（Champs de Mars）。它是「取悅勞動階級，使展覽日變成他們的解放節日」這一願望的結果。工人們是嶄露頭角的消費者。娛樂工業的框架尚未形成，公共節日提供了這一缺欠。夏布塔（Chaptal）關於工業的演說揭開了博覽會的序幕。

聖西門主義者計畫使地球工業化，他們接受了世界博覽會的想法。舍瓦利埃（Chevalier）是這個領域裡第一個權威人物。他是昂方坦的學生，也是聖西門主義報紙《環球》（*Le Globe*）的編輯。聖西門主義者預料到了世界經濟的發展，但沒有預料到階級鬥爭的發展。在上世紀中葉，他們參與了工商業活動，但是他們對那些攸關無產階級的問題一籌莫展。世界展覽會美化了商品的交換價值。他們創造了

2 聖西門（一七六〇—一八二五），法國社會學家、哲學家及經濟學家，認為科學、道德和宗教的進步推動歷史發展，主張資本與土地公有的社會型態。——譯者註

一種使商品的使用價值退居幕後的局面。他們打開一個幽幻的世界，人們進入這個世界是為了放鬆消遣。娛樂業把他們提高到商品的水平，使他們較容易獲得這種滿足。在享受自身異化和他人的異化時，他們聽憑娛樂業的擺布。

商品登基稱王，娛樂的光輝環繞著他，這就是格蘭維爾（Grandville）藝術的神祕主題，與之相關聯的是烏托邦元素和犬儒主義元素之間的矛盾心理。它對於無生命事物的巧妙呈現方式相當於馬克思所說的商品的「神學外衣」。它們的具體成形便是各類特產（spécialité）：在格蘭維爾筆下，這個時期應用於侈奢品工業的商品命名方式，將萬事萬物變為各類特產。他以廣告宣傳產品的精神來描述特產——廣告這個字眼便是在那時出現的。格蘭維爾最終變得精神失常。

時尚：死亡先生！死亡先生！

——萊奧帕爾迪（Leopardi），《時尚與死亡的對話》

世界博覽會建立了商品的天下。格蘭維爾的奇想將商品的特性傳播到全世界，這些奇想使全世界現代化。土星的光環變成了鐵鑄的陽台，土星上的居民就在上面呼吸傍晚的空氣。這一畫面所表現的烏托邦在文學中有同樣的呼應。傅立葉的門徒，自然主義作家圖塞奈爾（Toussenel）的作品是這方面的代表。

時尚規定了拜物商品所希望的崇拜儀式，格蘭維爾擴大了時尚對日用品的支配能力，就像他把時尚的統治延伸到宇宙一樣。他以窮其本源的精神揭示了時尚的本質。時尚是與有生命力的東西相對立的。它將有生命的軀體出賣給無機世界。與有生命的軀體相比，它代表著屍體的權利。屈服於無機世界的性誘惑的戀物癖是時尚的核心之所在。戀物癖對商品的崇拜起了推波助瀾的作用。

雨果為一八六七年的世界展覽會發表了一篇宣言：〈致歐洲各國人民〉。法國工人的代表較早、較明確地捍衛他們的利益。第一個法國工人代表團於一八五一年被派往倫敦世界博覽會；第二個代表團由七百五十名成員組成，參加了一八六二年的世界博覽會。後一代表團對馬克思創建國際工人協會有直接的意義。

資本主義文化的夢幻在一八七六年的世界博覽會上顯示了其最燦爛的光彩。法蘭西第二帝國正處於權力的鼎盛時期。巴黎被舉世公認為奢侈與時尚之都。奧芬巴赫（Offenbach）確定了巴黎的生活節奏。輕歌劇是資本階級永恆統治的烏托邦，這多麼有諷刺意義。

四　路易－菲力普或內在世界[3]

這個腦袋……像毛茛草般躺在夜間的桌上。

——波特萊爾，〈殉難者〉

在路易－菲力普統治時期，平民百姓登上了歷史舞台。新的選舉法導致的民主機制的擴展與基佐（Guizot）所組織的議會的腐敗同時出現。趁著這種情形，統治階級在經營生意時創造了歷史。它鼓勵修建鐵路，以便增進其統治。七月革命使中產階級意識到一七八九年革命的目的（馬克思語）。

對一般平民來說，生活和工作的地方第一次有了區別，前者構成了室內居室，而辦公室是其補充物。一般人在辦公室注重的是實際，他要求自己的居所有助於他的幻想。由於他不想把他所考慮的社會問題摻入到工作中去，這個需要就顯得更重要了。在創造私人環境時，他壓制了這兩方面的顧慮，室內的各種幻覺便由此而來，這代表著普通人的全部世界。在室內，他組合了時空中遙遠的事物。他的客廳是世界劇院中的一個包廂。

關於新藝術的闡述：居室的瓦解發生在本世紀初的新藝術中。然而按照新藝術的意識形態來看，伴隨它的出現而來的是居室的改善。美化孤獨的心靈是它明顯的目的，個人主義是它的理論。在費爾德（Van de Velde）看來，房屋被認為是個性的表現，裝飾物對房屋的意義如同簽名對繪畫的意義一樣。新藝術的真正含義沒有在這種意識形態中表現出來。它代表了被技術進步囚禁在象牙塔裡的藝術所進行的最後一次反攻，它發動了人的內在世界裡全部的貯備力量。在線條的媒介語言中，在象徵赤裸的花卉中，在與工業武裝的環境對照的自然界中，這些貯備的力量得到了表現。鋼鐵建築的新元素——樑的形式，使新藝術困惑不解。它企圖透過裝飾，為藝術挽回形式。混凝土對建築學中塑膠製品外形的創造提供了新的可能。大約在這個時期，生活領域真正的重心轉移到辦公室。不被了解的引力中心在私人家庭中找到了棲息所。易卜生的《建築大師》（*Master Builder*）為新藝術下了總結：個人企圖靠其內在世界的力量與工業進步競爭的做法導致了他的滅亡。

3 原文為interior，在此同時具有室內（居室）、內在世界和內在性的意思。——譯者註

在我的心靈中……我相信：重要的事物。

——都貝爾（Léon Deubel），《作品集》

居室是藝術的避難所，藝術收藏家便是居室真正的主人。他以美化事物為己任，落在他身上的是西西弗斯[4]的任務，這包括擁有它們以剝奪物質的商品特性。然而他賦予它們的只是愛好者眼中的價值，而非其使用價值。藝術品的收藏者夢想著他不僅處於一個時空遙遠的世界，而且是個更好的世界。在這個世界中，人們的需求當然仍如日常世界中一樣無法滿足。但在這個世界中，物質擺脫了實用的枷鎖。

居室不僅是普通人的整個世界，而且也是他的樊籠。生活的意義就在於留下痕跡。在屋室之內，這些痕跡受到重視。被單、椅套、盒子、包裝箱被大量設計，日常用品的痕跡被塑造出來。研究這類痕跡的偵探小說應運而生。《家具的哲學》和愛倫·坡的偵探小說一樣，表明了他是第一位居室的相士。首批偵探小說中的罪犯既不是君子，也不是無賴，而是資產階級的普通市民。

五　波特萊爾或巴黎街道

一切對我來說都成了寓言。

——波特萊爾，〈天鵝〉

波特萊爾的天才是寓言性的，憂鬱是他天才的營養源泉。由於波特萊爾的緣故，巴黎第一次成為抒情詩的題材。他的詩不是地方民謠；與其說這位寓言詩人的目光凝視著巴黎城，不如說他凝視著異化的人。這是遊手好閒者的凝視，他的生活方式依然為大城市的人們與日俱增的貧窮灑上一抹撫慰的光彩。遊手好閒者仍站在大城市的邊緣，猶如站在資產階級隊伍的邊緣一樣，但是兩者都還沒有壓倒他。他在兩者中間都感到不自在。他在人群中尋找自己的避難所。描繪眾生面貌的早期貢

4 西西弗斯是古希臘時的暴君，死後墮入地獄，被罰推石上山，但石近山頂時又滾下來，於是再推，如此循環不息。後用以比喻徒勞的努力。——譯者註

獻可以在恩格斯和愛倫．坡的作品中找到。人群是一層帷幕，在這層帷幕的後面，熟悉的城市如同幽靈般，向遊手好閒者招手。在夢幻中，城市時而變成風景，時而變成房間，兩者都走進百貨公司的建築物中，百貨公司也利用遊手好閒者們銷售其貨品。百貨公司是對遊手好閒者最後的猝然一擊。

像遊手好閒者一樣，知識分子走進了市場。他們自以為在觀察它——但事實上，它已經準備好去找尋買主。在這一過渡階段，他們仍有文藝資助者，但已經開始使自己熟悉市場。這時，他們以波希米亞人的形象出現。他們經濟地位的不穩定與他們政治地位的不穩定是一致的。職業密謀家為這一方面提供了可觀的證據，而這些密謀家也不例外地屬於波希米亞人。他們最初的活動範圍是軍隊，後來轉到小資產階級，有時則在無產階級。然而，這伙人在無產階級領導人身上看到的是他們的敵人，《共產黨宣言》結束了這伙人的政治生命，波特萊爾的詩從這伙人叛逆的感情中汲取力量。他站在自我中心主義這一邊。他只跟一個妓女有了性關係。

通向地獄的道路是容易的。

——維吉爾（Virgil），《伊尼德》

女人和死亡的意象交融在第三個意象——巴黎的意象中，這是波特萊爾的詩的獨到之處。他詩中的巴黎是一座沉陷的城市。與地下相比更似沉落到海底。這座城市的地府因素——它的地貌，它古老的、被遺棄的塞納河床——確實在他身上找到了模式；然而，對波特萊爾而言，在這座城市「酷愛死亡的田園詩」中，無疑存在著一個社會、現代和基礎。現代是他的詩主要的重點。由於抑鬱，他碾碎了理想。但推想出史前史的卻恰恰總是現代人。這種情形是由於社會關係和這個時代的事件特有的曖昧意義才會在此時發生。曖昧是辯證法的比喻形象，辯證法的法則此時處於停滯狀態。這種停滯狀態便是烏托邦。辯證法的意象因此也就是夢的意象。商品明確地提供了這樣的意象：作為盲目崇拜的偶像。既是房屋又是星星的拱廊街也提供這樣的意象。這樣的意象由同時融售貨員和商品為一體的妓女所提供。

這趟旅程是為了發現我的地理學。

——《狂人日記》（巴黎，一九〇七）

《惡之華》的最後一首詩〈旅行〉（Le Voyage）：「噢，死亡，老船長，時間到了，讓我們拋錨吧。」遊手好閒者最後的旅行：死亡。它的目的：新奇。「到前所未知的深度去發現新東西」。新奇是不依靠商品的使用價值的一種特質，它不可分割地屬於意象的幻覺的源泉。這種意象產生於集體無意識，它是錯誤意識的精髓。時尚是錯誤意識不屈不撓的原動力。這種新奇的幻覺被反映在無窮盡的相同幻覺中，就像一面鏡子反照在另一面鏡子裡一樣。這種映像的產物是「文化史」的千變萬化，資產階級十分欣賞它的錯誤意識。藝術開始懷疑其功能，不再是「與功利不可分的」（inséparable de l'utilité），它被迫把新奇當成它的最高價值。它的新的真實見證（arbiter novarum rerum）成了勢利鬼。他對藝術的態度就像花花公子對時尚的態度一樣。

誠如在十七世紀，寓言是辯證法的意象準則，在十九世紀，新奇成了辯證法的意象準則。新奇雜誌與報紙並肩前進，新聞界組織了一開始便繁榮發展的精神價值市場。反對派抗議這種藝術向市場投降。他們聚集在「為藝術而藝術」的旗幟下，從這一口號中產生了藝術作品整體的概念，它的目的是要使藝術與技術的發展分離。那些用來慶祝這種藝術的儀式與美化商品的心醉神迷完全是異曲同工，二者都是從人的社會存在中抽取出來的。波特萊爾屈服於瓦格納的迷惑。

六　豪斯曼或街壘

我崇拜善與美，
我崇拜能喚起不朽藝術的偉大事物和美麗的大自然，
不論它們是悅耳動聽，還是娛人眼目；
我喜歡花海中的春色：女人和玫瑰。

——豪斯曼男爵，《一頭老獅子的自白》

豪華的雕飾，
迷人的建築風光，
一切景物的效應
均取決於透視法原理。

——玻爾（Franz Böhle），《戲劇——宗教教義問答手段》

豪斯曼的城市理想是市街遠景從某一角度呈現的圖景，這與十九世紀期間愈來愈明顯的將技術神聖化以實現其藝術目的的趨勢相吻合。設在林蔭大道畫面中世俗的、精神的資產階級統治機構被神化。在這些機構竣工前，人們將林蔭大道用油布遮蓋起來，然後像紀念館般舉行揭幕儀式。

豪斯曼的效益與路易・波拿巴的理想主義一拍即合。後者鼓勵金融資本主義，於是巴黎經歷了一場巨大的投機風氣。證券交易所的投機買賣把封建社會遺留下來的賭博現象推到幕後。遊手好閒者所沉迷的空間幻覺與賭徒傾心的時間幻覺相輔相成。賭博將時間變成一種麻醉藥。拉法格（Lafargue）將賭博定義為市場形勢的奧祕的微型再現。豪斯曼推行的一系列徵收引起一時的詐騙投機浪潮。從資產階級和奧爾良主義者組成的反對陣營中獲取靈感的最高法院的判決，加大了豪斯曼政策的財政危險。豪斯曼企圖挽救他的統治，並將巴黎置於緊急成立的政權之下。一八六四年，他在國會的演講中表明了他對大城市中不穩定人口的痛恨。這類人由於他的做法而不斷增加。租稅的提高把無產階級趕到郊外，巴黎四分之一的地方因此失去了它們特有的風貌，於是赤色區域出現了。豪斯曼自詡為「拆毀藝術家」（artiste démolisseur）。他自認他的工作是種使命，並在回憶錄中強調了這一事實。同時，他把與城市緊密聯繫的巴黎人和他們的城市離間，人們在城市中不再感到自在，他們開始意識到這個大城市不人道的一面。都．恭的不朽之作《巴黎》便產生於這種意識。《豪斯曼的哀訴》為這種意識提供了一個出自聖經的輓歌形式。

豪斯曼的都市計畫真正的目的是想保證巴黎城免於內戰。他想使巴黎永遠無法設置街壘。路易—菲力普為了同樣的目的，引進了木製的鋪路材料。儘管如此，街壘在二月革命中扮演了重要的角色。恩格斯對街壘戰的技術進行了一番思考。豪斯曼打算用兩種方法結束這種現象。首先，街道的寬度要使街壘的設置無法實現。其次，新的街道將在兵營和平民區間提供最短的路線。當代人將這一舉動稱為「戰略性美化」。

讓他們的陰謀成為泡影，噢，共和戰士，
讓他們看看你們的面孔，那了不起的
美杜莎之面的周圍滿是紅色的閃電。

——〈一八五〇年的勞工之歌〉

街壘被重新設立起來，而且比以往更牢固、更安全。它橫貫林蔭大道，常常有一層樓之高，守護著後面的塹壕。就像《共產黨宣言》結束了職業密謀家的時代一樣，巴黎公社結束了控制無產階級自由的夢想。它打碎了無產階級革命的任務是與資產階級攜手完成一七八九年事業的幻覺。這種錯覺主宰了從一八三一年到一八七一年，亦即從里昂起義到巴黎公社的這一階段。資產階級從未有過同樣的誤解。它從大革命就開始反對無產階級的社會權利的鬥爭，這與博愛運動的時間吻合。博愛運動不僅在拿破崙三世時期就經歷了它最有意義的發展，而且也掩飾了資產階級的行徑。拿破崙三世時期出現了博愛運動的不朽之作：勒普萊的《歐洲工人》（*Ouvriers européens*）。在與博愛運動並行的隱祕處，資產階級總是占據著階級鬥爭的公開地位。早在一八三一年，它就在《爭鳴雜誌》（*Journal des Débats*）中承認：「每個廠主都以殖民地地主在他們奴隸中的方式生活在他們的工廠裡。」老一輩的工人階級起義失敗是由於沒有革命理論指導他們，但另一方面也是因為他們急於奪權和建立新社會的熱情導致的。這種熱情在巴黎公社時期達到高峰。它有時為工人階級贏得了資產階級中最優秀的分子，但結果卻導致它敗給無產階級中最壞的分子。韓波和庫爾貝宣稱他們站在公社這一邊。巴黎的烈火是豪斯曼的摧毀事業的恰當結果。

我善良的父親曾住在巴黎。

——古茨科（Gutzkow），《來自巴黎的信》（一八四二）

巴爾札克是第一個談到資產階級廢墟的人，但使人能在這片廢墟上自由巡視的是超現實主義。生產力的發展將前一世紀的希望的象徵變成碎石斷片，這甚至發生在代表它們的紀念碑坍落下來之前。十九世紀這一發展使創造的形式從藝術中解放，正如十六世紀科學擺脫了哲學一樣。作為土木工程的建築藝術是此一解放的先行者。接踵而來的是複製自然的攝影術。這種新奇的創作實用地將自己變成商業藝術之先導。在文藝專欄中，詩歌服從於蒙太奇苛刻的要求。所有這些作品都即將作為商品進入市場，但它們仍在門檻上徘徊。這一重要時期湧現出拱廊街、居室、展覽大廳和西洋景，這些都是夢幻世界的餘燼。清醒時對夢境元素的利用是辯證法典型的例子。因此，辯證的思想是歷史覺醒的關鍵。每個時代不僅夢想著下一個時代，並在夢想時促進了它的覺醒。它在自身內孕育它的結果，並且以謀略揭示了它——這是黑格爾早已認識到的。隨著市場經濟的繁榮，我們開始意識到，資產階級的紀念碑在坍塌之前就已是一片廢墟了。

人名索引

英中對照

D

C

E

F

G

O

P

M

N

T

R

S

五劃

六劃

中英對照

三劃

四劃

八劃

七劃

九劃

十劃

十二劃

十一劃

十三劃

十六劃

十七劃

十四劃

十五劃

十八劃

十九劃

二十四劃

國家圖書館出版品預行編目資料

發達資本主義時代的抒情詩人：論波特萊爾／班雅明（Walter Benjamin）作；張旭東, 魏文生譯. -- 二版. -- 臺北市：臉譜，城邦文化出版；家庭傳媒城邦分公司發行, 2010.07
面；　公分. --（【一本書】系列；FB0003X）
譯自：Charles Baudelaire: Ein Lyriker im Zeitalter des Hochkapitalismus

ISBN 978-986-235-124-6（平裝）

1. 波特萊爾（Baudeaire, Charles, 1821-1867）
2. 詩評

876.51　　　　99010301